文春文庫

武士の流儀（十）

稲葉 稔

文藝春秋

この作品は文春文庫のために書き下ろされたものです。

DTP制作　エヴリ・シンク

武士の流儀　十

第一章　用心棒

一

三十間堀《さんじっけんぼり》一丁目の太物《ふともの》問屋「甲州屋《こうしゅうや》」の女房お仙《せん》は、小僧の草助《そうすけ》からわたされた文を眺め、行灯《あんどん》のそばに体を移した。

（また、例の文では……）

心の臓をどきどきさせながら封を切った。誰からもらったのだとお仙は草助に聞いたのだが、近所の子供が持ってきたと言った。

読むのが怖かった。

先日もお仙宛てに文が投げ込まれていた。その前には裏木戸に挟まっている文を女中が持ってきた。二通とも禍々《まがまが》しいことが書かれていた。

(また、同じような文だったら……)

読むのを躊躇《ためら》うが、好奇心もあった。ただの悪戯《いたずら》だと考えることもできる。一度息を吐き、きれいに畳まれている半紙をゆっくり開いた。

――いい気なもんだ。おまえの顔を見ると殺したくなる。手前一人で幸せに暮らすのは許せねえ。死ね。必ず命をもらう。

文の内容はそれだけだった。

読む端から文を持つ手がふるえだした。

「だ、誰。誰がこんなことを……」

唇をふるわせながらつぶやくと、よろけるように立ちあがり、悲鳴じみた声で夫の小左衛門《こざえもん》を呼んだ。

*

梅の花がほころんだと思えば、もう桜の季節になった。陽気がよくなった分、桜木清兵衛《さくらぎせいべえ》の日課となっている散歩が楽になった。その日はことに暖かく、袷《あわせ》の着流しでは暑いくらいだった。

鉄砲洲本湊町《ほんみなとちょう》の自宅に帰ったのは、日が落ちかかる頃で、台所で夕餉《ゆうげ》の支度をしていた安江《やすえ》が、お帰りなさいといって、

「日が長くなりましたわね」

と、濯《すす》ぎの用意をしようとしたが、

「ああ、自分でやるからよい」

清兵衛は断って雑巾《ぞうきん》を使った。

「たしかに日が長くなった。それに今日は暑いほどだった」

「どちらまでお出かけでした？」

「いつもと変わらぬさ。少し足を延ばして溜池《ためいけ》のほうまで行ってきたが……」

「あら、ずいぶん遠方ではございませんか」

安江は台所仕事をしながら返事をする。

清兵衛の散歩の範囲は広くない。せいぜい築地《つきじ》界隈《かいわい》か八丁堀《はっちょうぼり》界隈だ。それでも小さな発見があるので散歩は飽きない。

茶の間に移って淹《い》れてもらった茶に口をつけたとき、玄関に訪《おとな》う声があった。

「おお、勘《かん》の字か……」

声だけで訪問者がわかった。

清兵衛の元同輩で、北町奉行所吟味方与力の大杉勘之助《おおすぎかんのすけ》だ。清兵衛は安江が応対に出ようとするのを制して玄関に出た。

「どうした？」

「どうしたはないだろう。おぬしの顔を見に来たのだ。それともおれが来ると迷惑か」

「なにをひねくれたことをぬかす。さ、あがれ」

清兵衛は座敷に勘之助をあげて、安江に茶を運ばせた。勘之助との付き合いは長い。もうくされ縁と言ってもよい。

「茶より酒のほうがよいか？」

「いや、今日は長居はできぬ。茶で十分だ」

勘之助は奉行所からまっすぐ来たらしく、継裃《つぎかみしも》姿だった。

「すると、なにか用があるのだな。なんだ？」

夕日を受ける障子《しょうじ》のあかりが、勘之助の面長で色白の顔にあたっていた。

「うむ、ちょいと相談を受けてな。三十間堀の甲州屋を知っておるか……」

「一丁目にある太物問屋か。あの店の主《あるじ》は若い後添《のちぞ》いをもらったと、近所で評判だ。ずいぶん年の離れた女房で、それもかなりの美人らしいな。一度顔を見たいと思っているが……それで、その甲州屋がいかがした？」

「その美人のおかみのことだ。亭主は小左衛門というのだが、二年ほど前に店でごたついたことがあり、おれが片づけてやったことがある。相手は小賢《こざか》しい与太者だったのだが、その縁で何かとおれを頼りにしてくる。それはよいとして、今度は後添いのお仙という女房が脅されているらしいのだ」

「その美人のおかみが……」

「さようだ」

勘之助は、お仙の命を奪うという脅迫状が届いていると話した。お仙を守らなければならないが、亭主の小左衛門は歳だし、相手がどんな悪人かわからないので、いざとなったときには心許《こころもと》ない。かといって店の奉公人では頼りない。

「そこでおれに用心棒ができないかと頼まれた。無論、おれはお役目があるのでお仙につききりになることはできぬ。それで誰か頼りになる者がいれば紹介してくれというのだ」

そこまで聞けばなんのことか、清兵衛には察しがつく。

「それで暇を持て余しているおぬしならよいだろうと思ってな。どうか頼まれてくれぬか」

「勝手なことをいいやがる。それに、頼まれろといわれても、はい承知したとはいえぬだろう」

「小左衛門は手間賃をはずむといっている。甲州屋は大店《おおだな》だ。二両や三両などというケチなことはしないはずだ」

「ふむ」

清兵衛は腕を組んで、傾いた日の光を受けている小庭を眺めた。

「まあ、金のことはともあれ、一度話を聞いてから考えるしかなかろう。その脅しの文にはどんなことが書かれているのだ。おぬしは見たのか？」

「見せてもらった。文は三度届いているが、いずれも簡略でお仙の命を奪うと書かれている。質《たち》の悪い悪戯ならよいが、三度ともなると相手は本気かもしれぬ」

「差出人のことは何もわかっていないのだな」

「わかっておれば造作ないことだ」

勘之助がじっと見てくる。やってくれぬかと言葉を足す。勘之助に頼まれればむげに断れない清兵衛である。

「とりあえず話を聞くのが先だ。やるかやらぬかはそれからのことだ」

「よかろう。おぬしが頼りだ」

二

甲州屋は三十間堀に架かる紀伊国橋《きのくにばし》の西詰からすぐのところにあった。間口四、五間（約七～九メートル）はある大店だ。軒と屋根の看板も立派で、金文字で「甲州屋」と書かれていた。

清兵衛は暖簾《のれん》をくぐって入ると、帳場に座っていた番頭に、

「北町の大杉勘之助の紹介でまいった桜木清兵衛と申す。主の小左衛門に取り次いでくれぬか」

名乗ると、太った番頭は体に似合わぬ身軽さで奥に引っ込みすぐに戻ってきた。いま主がまいりますという矢先に、

「まことに恐れ入ります。小左衛門でございます。大杉様からお話を聞かれていらっしゃるのですね。どうぞおあがりになってくださいまし」

と、小左衛門があらわれて丁重に頭を下げた。

奥座敷に通されると、小左衛門と向かい合って座った。

小左衛門は清兵衛と同じぐらいの年齢なのだろうが、髪が薄く、華奢《きゃしゃ》な体つきをしていた。そのせいか少し老《ふ》けて見える。

「どうにも困ったことになっておりまして、それで大杉様にご相談したのですが、何分にもお役目が忙しいということで困っていたのでございます。桜木様は元は北町の与力様でいらっしゃったのですね」

「大杉からあらましは聞いておるであろう」

「頼りになる方だと伺っております」

小左衛門がそう言ったとき、廊下から女の声がして、ゆっくり障子が開けられた。

「女房のお仙でございます。お仙、ささこちらへ……」

お仙はやわらかな身ごなしで、小左衛門の隣に腰を下ろした。噂どおりの美人である。瓜実顔《うりざね》で両目は少し細めだが、それがかえって色っぽくもある。やや小さめの口に、すっと尖《とが》った顎《あご》の線が美しい。肌もきれいだし顔のつやもよい。

歳は三十一だと聞いていたが、二十代といっても不思議はなかった。小左衛門とは二十歳ほどの差があるが、もっとその幅は広く感じられる。

「何者かに命を狙うような脅しをかけられていると聞いたが……」

「文が届いたのでございます。それも一度ならず三度もですから、これは相手が本気なのだと思いまして気が気ではありません」

　小左衛門は不安げな顔でいう。

「その文を見せてくれぬか」

「これでございます。燃やすなり捨てるなりしてもよかったのですが、もしものことがあるといけないと思い、取っておいたのです」

　清兵衛の膝許に三通の文が置かれた。一通はくしゃくしゃにまるめられたのを伸ばしてあった。二通は折り目がついているだけだ。

　いずれも短い文章で、お仙を妬むようなことが書かれ、最後に死ねとか、殺すという脅迫の文言で締められていた。差出人の名はない。

「届いた文はこの三通のみか？」

　清兵衛は顔をあげて、小左衛門とお仙を交互に眺めた。

「いまのところはさようです」

　お仙が答えた。脅されているわりには、怯《おび》えている様子はない。

「差出人に心あたりはないのか？」

お仙はありませんと首を振る。

「誰かに恨まれているようなこととか、恨んでいる者に心あたりはないか？」

清兵衛は縹緻《きりよう》のよいお仙を凝視する。

お仙は短く考えたのちに、ありませんと答えた。

「最初に届いた文はいつだ？」

「半月ほど前でございます。そうだったね」

小左衛門が答えて、お仙を見る。お仙はうなずいた。

「二度目は？」

「最初の文が届いて三日か四日たった頃でした。三通目は二日前でございます。最初の文は裏木戸に挟まれていたのを女中が気づき、二度目は表戸から店のなかに投げ込まれ、うちの小僧が気づきました。三度目は近所の子供が持ってまいりまして……」

「その子供はどこの子だ？」

「長太《ちようた》という青物《あおもの》屋の子です」

清兵衛は眉宇《びう》をひそめた。

「長太はその文を何者かにわたされて、この店に持ってきたのだな？」

「さようなことだと思いますが、聞いてはおりません」

清兵衛は長太に会わなければならないと思った。

「いずれの文にもお仙を羨む恨み言が書かれていますし、死ねとか殺すという文言があるので気味が悪うございます」

小左衛門は落ちつかなげにいう。

「お仙、まことにそなたを恨んでいる者に心あたりはないのだな」

「わたしは人に恨まれるようなことはしておりませんし、わたしを恨むような人がいるかどうかもわかりません。どうしてこんな文が届くのか、それもわかりません」

「質の悪い悪戯だと片づけてしまえばいいのかもしれませんが、そんな呑気《のんき》なことを考えて、ほんとうにお仙が殺されるようなことがあったら一大事でございます。桜木様、どうかお仙を守っていただけませんか」

小左衛門は尻をすって下がり、頭を下げた。

「ご迷惑なお願いだというのは承知しております。手間のほうは不足のないようお支払いいたしますので、何卒《なにとぞ》お願いできないでしょうか。こうなったら桜木様だけが頼りでございます」

「お願いいたします」

お仙も両手をついて頭を下げる。

「わたしは隠居の身のうえ。いまここで安易に引き受けたとはいえぬ」

はっと驚いたように小左衛門が顔をあげれば、お仙も意外だというふうに目をみはった。

「されど、放ってはおけぬことだ。まずは三度目の文をわたしに来た、長太という子供から話を聞くことにいたそう。青物屋の子だったな」

「それならわたしが案内いたします」

小左衛門はそういってから、お仙に奥で待っていなさいといいつけた。

三

甲州屋の表に出て、長太という子供の家である青物屋に向かう間、小左衛門は身の上話をした。

女房を四年前に亡くし、二年前にお仙を後添いにしたこと。自分は歳を取ってきてこの頃は体の衰《おとろ》えを感じるので、先行き長くないかもしれない。家督は長男に譲るが、それまでは元気でいたいし、お仙が殺されるようなことがあったら、自分の命もその分縮みそうだと不安を口にした。

吉田屋《よしだや》という青物屋は甲州屋から二町（約二一八メートル）ほど離れた場所にあった。河岸道に面しているが、間口九尺（約二・七メートル）という小さな店だった。長太のことを訊ねると、小太りの女房が店の裏にいって長太を連れて戻ってきた。

色が黒く白目勝ちの長太は、ものめずらしそうに清兵衛を眺めた。

「少し訊《たず》ねたいことがある。おまえは二日前に甲州屋に預かった文を届けたな」

長太はこくんとうなずく。

「それは誰に頼まれた？」

長太は首を少しかしげてから、おじさんと答えた。

「どんなおじさんだった？　侍だったか、それとも町人だったか？」

「飴《あめ》をもらったから届けたんだ。刀は差していなかったよ」

「どんな顔をしていた？」

「手拭《てぬぐ》いで頬《ほ》っ被《かむ》りしてた」

「歳はいくつぐらいかわかるか？」

長太は首をひねる。相手の背文を聞いても、よくわからないという。

「それじゃ太っていたか痩《や》せていたか？」

「太ってはいなかった」

「どこで頼まれた？」

「あっち」

長太は紀伊国橋のほうを指さした。

「橋のそばで頼まれたのか？」

「ううん、橋の向こう。おじさんにお願いがあるといわれ、飴をもらったんだ。それで文を甲州屋に持って行ってくれといわれたからそうしたんだ」

「そのおじさんはどっちから来てどっちへ行った？」

「橋のそばにいたよ。どっちに行ったか知らない。甲州屋に文をわたしてきたら、もういなかった」

結局、長太は文を届けろといった男のことをよく知らなかった。顔も見ていなければ、容姿もよくわからない。

「二度目の文は表戸から投げ込まれたといったな」

清兵衛は長太と別れたあとで小左衛門に聞いた。

「さようです」

「その文に気づいたのは店の小僧だったらしいが、話は聞けるか」

「もちろんでございます」

そのまま甲州屋に戻ると、二度目の文に気づいた新吉《しんきち》という小僧に会った。

「店じまいをしている最中で、これから大戸を閉めようというときでした」

「投げ込んだ者を見なかったか？」

「すぐに表に出たんですが、もう表は暗くなっていましたし、誰が投げ入れたのかはわかりません。表を歩いている人は何人もいましたけれど、誰だかわからないのです。文の表にお仙殿と書かれていたので、おかみさんにわたしただけです」

これでは投げ入れた者を特定することはできない。

清兵衛は裏木戸に挟まれていた文に気づいた女中にも会ったが、やはり結果は同じだった。

「小左衛門、これでは何もわからぬな。お仙を脅すだけの悪戯かもしれぬ」

「お引き受けいただけませんか。しばらくの間でもようございます。少し様子を見るということで、言葉は悪うございますが、用心棒になっていただけませんか。お願いでございます」

小左衛門は米搗き飛蝗《こめつばった》のように頭を下げる。

清兵衛もこのまま引き下がっては承知できないものがある。元は〝風烈の桜木〟と呼ばれたほどの与力だったのだ。

「まずは四、五日様子を見よう」

清兵衛はきりりと表情を引き締めた。

「では、日に一両の手間でいかがでございましょう」

「………」

「少のうございますか……」

小左衛門は不安そうに目をしばたたく。日に一両は過分だった。だが、清兵衛は黙って受け入れることにした。

「もう少しお仙と話をしたい」

脅迫を受けているのはお仙である。そのお仙がどんな女なのか知る必要があった。

四

奥座敷で誰かが三味線《しゃみせん》を弾《ひ》いていた。ゆるやかな音色である。

「そちらでございます」

案内の女中が、そこがお仙の部屋だと教えた。清兵衛は軽くうなずくと、部屋のなかに声をかけた。

「桜木だが邪魔をする」

三味線の音が消えた。清兵衛が障子を開けると、縁側に近い場所に座り、三味線を抱いているお仙が顔を向けてきた。

「何かおわかりになりましたか?」

「まだ何もわからぬ」

清兵衛はお仙のそばに腰を下ろした。

「達者なのだな」

清兵衛は三味線を見ていった。

「子供の頃から習っておりましたので……」

お仙は三味線を脇に置いて言葉をついだ。

「おっかさんに仕込まれたんです。でも、三味線はそううまくはありません。人並みに弾けるぐらいです。踊りも習いましたが、それも人並みです」

「芸事をやっていたのか……」

「唄《うた》は弟子を取っていました」

「ほう。それでいまは？」

「いません。人に教えるのが億劫《おっくう》になったのです」

「芸事は母御に教わったのか？」

「三味線のお師匠さんです。踊りと唄は別の師匠です。唄は幼い時分から好きだったので、いつしか披露目をやるようになり、二十歳《はたち》のときに弟子を取るようになりました」

「それは大したものだ。父御はどんな仕事を……」

「浅草で小さな小間物屋をやっていましたけれど、わたしが十三のときに女の人と駆け落ちしていなくなりました」

「それはまた……」

清兵衛が言葉を切ると、お仙は口の端に笑みを浮かべて、

「そんな父親だったのです。ですから、おっかさんは苦労しました」

と、さらりといった。

「店はどうなったのだ？」

「もうありません」

「母御は……達者なのか？」

お仙は首を振って五年前に死んだといった。それから兄は流行病《はやりやまい》で早世し、お紋《もん》という姉がいるが、こちらは大工の女房に納まっていると話した。

たんたんと受け答えするとお仙は、ときどき蠱惑《こわく》的な笑みを浮かべて清兵衛を見つめる。それは男心をくすぐる眼差《まなざ》しだ。

お仙は男を翻弄《ほんろう》する女かもしれないと、清兵衛は感じた。

「そなたはこの店の後添いに入っているが、その前に亭主がいたのではないか？」

「いいえ。わたしはずっと独《ひと》り身を通して来ました。縁談はいくつかありましたが、すべてお断りしまして……」

「なにゆえ断った？」

「その気にならなかったというのが正直なところです」

お仙はそういうと、短く庭を眺めた。

鶯《うぐいす》が躑躅《つつじ》の陰で鳴いていた。その姿は見えない。手入れの行き届いた庭はさほど広くはないが、木蓮《もくれん》や辛夷《こぶし》の花も見られた。

「それなのに、小左衛門の女房になった」

「いけませんか……」

お仙は少し挑戦的な目を向けてきた。

「夫とは歳が離れています。でも、夫婦《めおと》に歳の差は関係ないはずです。桜木様、思い違いをされると困るので申しておきます。わたしは金目当てで後添いになったのではありません。いっしょに暮らして落ち着ける人だと思ったからです」

「いまの暮らしに満足しているのだな」

「何の不満もありませんので……。あら、いやだ。お茶も出さずじまいでした」

「いや、よい」

清兵衛は立ちあがろうとしたお仙を制して言葉をついだ。

「例の文の差出人に心あたりはないか？　相手はそなたのことをよく知っている者でなければならぬ。おそらく顔見知りのはずだ。見当はつかぬか……」

清兵衛はお仙を見つめた。

「わたしも誰の仕業《しわざ》なんだろうと考えていますけれど、さっぱり思いあたらないのです。でも、文を書いた人はわたしを憎んでいるようです。どうして憎まれるのか、それもわかりません」

お仙はふうと息を吐《は》きながら肩を落とした。

殺すという脅迫を受けているのに、お仙には怯えている様子はない。もっとも安全な店のなかにいるからかもしれない。

「二十歳のときに弟子を取るようになったと申したな」

清兵衛は話を戻した。お仙は下に向けていた視線をあげて清兵衛を見た。

「小左衛門に嫁いで二年ほどだから、十年近くの間は唄で食っていたのか？」

「さようです」

「人に教えるのが億劫になったといったが、それはなにゆえのことだ？」

「おそらく、わたしの教え方が厳しかったからだと思います。わたしにできることをなぜ弟子ができないのか、わからなかったのです。きっと教え下手なのでしょう。それで弟子がだんだんに減っていき、わたしもやる気をなくしました。そんなときにいまの夫に声をかけられまして……」

「それはどこで？」

お仙は短い間を置き、少し強い目で清兵衛を見つめた。

「なぜ、そんなことをお訊ねになるのです？」

「いろいろと知っておきたいのだ。気分を害するかもしれぬが、脅されているそなたのことがわからないと守りようがない」

「わたしは三味線の師匠といっしょにお座敷に呼ばれることがしばしばありました。いまの夫に声をかけられたのは、そんな席でした。木挽町《こびきちょう》の料理茶屋です」

「嫁に来てから座敷に出ることは……」

「ありません」

お仙はそういったあとで、小左衛門が嫉妬するからやめたのだと付け足した。

「いやなことを聞いたが勘弁だ」

清兵衛はそういって腰をあげた。

「あの、桜木様」

「……………」

清兵衛が振り返ると、

「わたしを守ってくださいますね」

と、お仙が甘えるような顔を向けてきた。清兵衛は小さくうなずいた。

五

清兵衛は表に出ると、甲州屋のまわりを歩いた。表口は三十間堀に面している河岸道である。右隣は米屋。米屋との間に幅半間（約九〇センチ）ほどの路地がある。その路地沿いに板塀がつづき、甲州屋の蔵と松の枝がのぞいている。左隣は醬油酢問屋で甲州屋との間に、幅一間ほどの路地が新両替町のほうに走り、通町（東海道）を行き交う人が見える。甲州屋の裏木戸があるのはこちらだ。店の裏は長屋の塀で、二尺（約六〇センチ）ほどの猫道となっていた。

もし、お仙の命を狙う者が甲州屋に侵入するとすれば、米屋側の路地と裏木戸のある路地だ。

しかし、お仙の命を奪うために甲州屋に忍び入るのは容易ではない。もし、お仙を見つけ出す前に他の奉公人に見つかれば騒ぎになる。

（どうやってお仙を殺そうと企《たくら》んでいるのだ）

清兵衛は甲州屋のまわりを仔細《しさい》に観察しながら、疑問を胸のうちでつぶやく。気づいたときには通町に出ていた。そのまま引き返さず、新両替町一丁目の角を曲がる。まっすぐ行けば紀伊国橋である。

空はよく晴れていて気持ちのよい天気だ。数羽の鳶《とび》がその空を舞い、笛のような声を降らしている。

甲州屋の前に来たとき、表口のそばにひとりの侍が立っていた。羽織に袴《はかま》を着けている。目が合うと、険悪な形相でにらむように見てきた。

清兵衛は視線を外し、甲州屋の暖簾をくぐりもう一度振り返った。表にいる侍とまたもや暖簾越しに目が合った。

小左衛門が帳場横の小座敷で一人の侍と話し込んでいた。身なりとその雰囲気から旗本か大名家の重臣に見える。小左衛門は低姿勢で応対しながら、いくつかの反物《たんもの》を見せていた。

甲州屋が扱っているのは木綿であるが、麻の反物もある。いま小左衛門が勧めているのは小倉織《こくらおり》と白木綿、そして紋羽織だった。

清兵衛はその様子を眺めてから帳場横に座っている竹蔵《たけぞう》という手代を帳場裏に誘って、小左衛門が相手をしているのは何者だと、目配せしながら訊ねた。

「愛宕《あたご》下の池田《いけだ》左京《さきょう》様でございます。元は御書院番にいらっしゃった方でいまは寄合になっておいでです」

寄合といえば禄高三千石以上の旗本である。もっとも低禄でも家筋や布衣の役を勤めていれば寄合に編入されるが、いずれにせよ近寄りがたい人物に他ならない。

「表に不審な侍が立っているが、あれは何者だ？」

清兵衛はちらりと表を見やって低声《こごえ》で聞く。

「池田様のご家来です」

竹蔵も低声で応じる。

「人相がいただけぬな」

清兵衛は顎を撫《な》でてつぶやく。

「家来というと、家侍ということか。名を知っているか？」

「中島秀之助《なかじまひでのすけ》様とおっしゃいます」

清兵衛は手代や他の奉公人が応対にあたっている客を眺めた。その数は四人ほどだ。とくにあやしい客はいない。

「桜木様、わたしは旦那様は心配のしすぎだと思います」

清兵衛が竹蔵を眺めた。色白のやさ男だ。

「なにゆえ、そう思う？」

「おかみさんは籠《かご》のなかの鳥です。誰も手をつけることはできません。それにおかみさんは旦那様だけのものです。おかみさんに悪さをしようという者がいれば、わたしは身代わりになってでもおかみさんを守ります」

そういう竹蔵の目は真剣そのものだった。清兵衛が黙って見つめると、竹蔵は言葉を足した。

「旦那様の大切なおかみさんですから」

「ま、そうであろう」

話をしているうちに小左衛門と池田左京の商談がまとまったようだった。

清兵衛は何もしない用心棒が店にいては迷惑だろうと思い、また表に出た。

「おぬし、何をしておるのだ？」

表に出るなり、中島秀之助が声をかけてきた。

「所用があり主の小左衛門を訪ねただけだ」

清兵衛が答えると、中島秀之助はむすっとした顔でにらむように見てくる。鷲《わし》鼻《ばな》で尖った頤《おとがい》を持っている。いかにも強情そうな顔つきである。

「そのほうこそ何をしておられる？」

「身共《みども》の勝手だ」

中島はそっぽを向いた。清兵衛はひょいと首をすくめて店の裏にまわった。

勝手口から入り、台所仕事をしている女中に声をかけて、

「お仙は奥にいるのだな」

と、聞いた。

「いらっしゃいます。のちほど買い物にお出かけになるので、いま支度をされているはずです」

「なに、買い物……」

清兵衛は片眉を動かした。

「日本橋《にほんばし》にお出かけです」

「一人でか？」

「いいえ、わたしがついてまいります」

「そのことを小左衛門は知っておるのか？」

女中は「さあ」と首をかしげた。

「買い物は控えてもらう」

「それは……」

女中は驚いたように目をしばたたいた。

「まあ、よい。お仙は奥にいるのだな」

女中に話しても埒《らち》があかないと思い、清兵衛は台所のそばから座敷にあがり、お仙の部屋を訪ねた。

「お仙、桜木だ。入ってもよいか」

「今度は何でございましょう」

「入ってよいかと聞いておるのだ」

「どうぞ、お入りになってください」

障子を開けると、着替えたばかりのお仙が立っていた。紗綾形《さやがた》の小紋に黒帯を文庫結びにしていた。裾《すそ》には青葉の裏模様が見えて粋である。

「買い物に行くと聞いたが、正気であるか？」

「何をおっしゃいます。わたしは正気です」

「買い物はやめてもらう」

「なぜです？」

「そなたは命を狙われているのだ。そのこと忘れているわけではなかろう」

「ちょっと日本橋まで行くだけです」

「ならぬ」

六

お仙は折れなかった。小左衛門も心配して家にいるように忠告したが、一日中家のなかに閉じこもっていれば気鬱《きうつ》になる、外の風にあたってくるだけだと我《わ》が儘《まま》をとおした。小左衛門は歳の離れた美しい女房には強くいえないらしく、清兵衛にしっかり見張ってくれと頭を下げた。

そのとき、そばの廊下を通りかかった手代の竹蔵が、

「わたしもお供いたしましょうか……」

と、声をかけてきた。お仙は竹蔵をちらりと見やり、言葉を返した。

「あんたでは頼りないわ。桜木様がごいっしょなさいますから心配いりません」

竹蔵は落胆した顔で頭を下げて帳場のほうに去った。

清兵衛も縄で縛りつけておくわけにはいかないから、お仙の外出に付き合った。お仙の供をするのはおときという女中である。

清兵衛はお仙とおときの少しあとを歩いた。二人は楽しげに笑ったり、急に立ち止まったりして鼈甲櫛《べっこうぐし》や簪《かんざし》を飾ってある店をのぞく。目を惹《ひ》くものがあると、店のなかに入って物色する。

その間、清兵衛は表で不審な者がうろついていないか、近づいてくる者がいないか目を光らせる。

結局、何も求めずに店を出たお仙はまた通りを歩く。日本橋の目抜き通りは、幅十二間（約二二メートル）ある。その両側にさまざまな店が軒《つら》を列ねている。間口十間以上の大店もあれば、一間もない小さな花屋もある。

お仙はいろんな店に立ち寄った。蒔絵《まきえ》の細工物を売っている店。紅白粉《べにおしろい》などの化粧道具を売っている店。そして菓子屋にも入った。

立ち寄った店は十本の指では折れない。通りは人の往来が激しく、売り込みの声があちこちから聞こえてくる。

大八を引く者がいれば、町駕籠も通る。立ち話をしている町娘に徒党を組んで歩く勤番侍。そして職人に行商人。はたまた江戸見物に来たと思われる旅の者。近所の子供もいれば杖《つえ》をついて歩く年寄りもいる。

清兵衛はお仙に近づいてくる者を見れば、目を光らせてその動きを監視する。一瞬の隙《すき》も逃さないという鷹《たか》の目になっていた。

お仙は白粉と紅を買っただけで、通二丁目から引き返した。日は西にまわり込み、少しずつ傾いている。

お仙はときどき後ろを歩く清兵衛を振り返った。だが、無表情で何もいわない。無表情だと少し冷たい顔つきになるが、それは美人の性《さが》であろうか。

それより、お仙に目を注ぐ男の多いことに気づいた。擦れちがってすぐに振り返る者も少なくない。そんなとき、清兵衛は視界を遮《さえぎ》るようにお仙と男の間に入った。

京橋をわたり新両替町一丁目の角を曲がってすぐのときだった。一人の小柄な男が前から歩いてきた。縦縞木綿の着流し姿だ。町人のようだが、顔が見えないように頰被りをし、右手を懐《ふところ》に入れていた。

清兵衛が眉宇をひそめたとき、男の足が速くなった。お仙との距離はどんどん詰まる。お仙は何も知らずに、おときとおしゃべりをしながら歩いている。

男の足がさらに速くなった。

（危ない）

清兵衛はとっさに前に跳ぶように出た。男が気づいて横の路地に飛び込んだ。

「店に帰っていろ！」

清兵衛はお仙とおときに忠告して男を追いかけた。

男の足は速い。天水桶の上に積んである手桶を払い、女を突き飛ばして逃げる。ガラガラと桶の転がる音と女の悲鳴と叫び声。

角を曲がって通町に出た男は、弓町のほうに駆けた。清兵衛の息があがってきた。

（歳だ）

内心でつぶやき、激しく息を喘《あえ》がせる。観世《かんぜ》新道《じんみち》と呼ばれる裏通りに来たとき、清兵衛は男の姿を見失っていた。

両膝に手をつき、大きく息を吸って吐き、呼吸を整えながら男が消えた路地の先をにらむように眺めた。もう男の姿はどこにもなかった。

生唾《なまつば》を呑み込み乱れた襟《えり》を正して甲州屋に戻ると、真っ先に小左衛門がやってきて、

「何かあったんでございますか?」

と、心配顔を向けてきた。

「襲われそうになったのだ。お仙はどこだ?」

「自分の部屋にいます」

清兵衛は小左衛門を押しのけるようにしてお仙の部屋を訪ねた。

手鏡を持って買ったばかりの紅を口にさしているところだった。

「さっきの男、何かしたんでございますか?」

お仙は平然とした顔を向けてきた。

「やつは懐に手を入れてそなたに足早に近づいてきた。掏摸《すり》だったかもしれぬが、脅している男だったかもしれぬ」

「……………」

「外出は慎むことだ」

「桜木様、そんな怖い顔しないでください。何だかわたしが悪いことをしたみたいではございませんか」

「命が惜しくないのか……」

「死にたくはありません」

「殺すという脅しをかけられているのだ」

「……わかっています」

（いや、わかっていない）

清兵衛は内心で否定する。お仙には危機感がない。

「呑気な顔をしているなら、わたしはこの仕事を下りる。無理にやる必要はないのだ」

お仙は手鏡と紅差しを膝に置いた。

「殺されたければ、勝手に殺されるとよい」

清兵衛は吐き捨てて障子を閉めた。

廊下の奥から小左衛門が慌てた素振りでやってきた。

「小左衛門、お仙があのようではこの仕事は引き受けられぬ。誰か他の者に頼め」

「えっ、えっ、なぜでございます。ちょ、ちょっとお待ちください」

清兵衛は数歩歩いて振り返った。

「お仙の命が惜しければわたしのいうことを聞くべきだ。それができぬならこの仕事は受けられぬ」

「桜木様、聞きます。聞きますから、どうか短気を起こさないでくださいまし」

小左衛門は清兵衛の前にまわり込んで頭を下げる。

「他に頼める人はいません。桜木様だけが頼みでございます。お仙にはよくよくい聞かせますので、どうかどうかお願いでございます」

ぺこぺこと頭を下げられると、清兵衛も強く出られない。

「人の命を守るために、わたしも命を張っているのだ。そのこと心得おけ」

七

二日目はお仙は静かにしていた。顔を合わせることはなかったが、自室にこもり三味線を弾いたり小唄の稽古をしていた。

　三日目の朝、清兵衛は家を出るときに、

「今夜から二、三日泊まり込みをする」

　と、安江に告げた。

「そこまでしなければならないお仕事ですか？」

「もしもということを考えると、そうしたほうがよいと思うのだ。勘の字に頼まれた手前疎《おろそ》かにはできぬ」

「大杉様も大変な仕事を押しつけられましたわね」

　安江はあきれ顔をしたあとで言葉を足した。

「承知いたしました。でも、そのお仙さんという方、ほんとうに命を狙われているのですか？」

「脅し文が三度も届いている。相手はただの悪戯のつもりかもしれぬが、本気なら放ってはおけぬ」

「お仙さんを脅しているのではなく、もしや甲州屋さんを脅しているということは考えられませんか？」

　清兵衛はぴくっと片眉を動かした。それもあるかもしれぬ。お仙を脅すことは、すなわち甲州屋小左衛門を脅していることにもなる。

（そうか……）

清兵衛は肚裡《とり》でつぶやき、とにかく行ってくるといって自宅を出た。

甲州屋に行くと、小左衛門に話があるといって小座敷で向かい合った。

「今日から泊まり込みをするが、ひとつ聞きたいことがある」

「何でございましょう」

「お仙殿に脅し文が届けられたが、それはお仙殿を脅しているのではなく、そなたを脅していると考えられぬか」

小左衛門は目をまたたいた。

「わたしが脅されていると……」

「誰かの恨みを買っているようなことはないか？」

小左衛門は目をきょろきょろさせて短く思案したが、

「いいえ、わたしは人に恨みを売った覚えはございませんが……」

と、首をかしげながら答えた。

「この店で一度ごたついたことがあったらしいな。大杉勘之助がその一件をうまく収めたようだが、そのときのことが尾を引いているようなことはないか」

「それはありません。難癖をつけてきたのは半三郎《はんざぶろう》という与太者でしたが、大杉様が仲に入ってくださり、事なきを得ています。その後、半三郎は浅草のやくざと喧嘩をして刺されて死んだと聞いています。それはわたしがお仙をもらう前のことですし……」

「他に心あたりは？」

また小左衛門は思案したが、思いあたる節はないという。

「ともあれ、今夜から泊まり番をする」

「よろしくお願いいたします」

清兵衛は帳場の背後にある部屋から客を監視した。

見張る場所はそこだけでなく、土間から二階にあがる梯子段の中段に反物を置く小部屋があり、そこでも見張った。

客はいちどきに入ってくることはない。おおむね一人で来る客が多い。それでも供を連れた旗本の奥方や、商家の主夫婦がやってもきた。

客が買い求める反物はほとんどが木綿だが、それにもいろいろあった。白木綿・縞木綿・紋羽織・雲斎織・小倉織・真田《さなだ》織・染木綿。そして麻も扱っており、仕立ても請け負っていた。

その日の昼過ぎに、先日小左衛門と商談をしていた寄合旗本の池田左京の下男が商品を受け取りに来た。

清兵衛は店先を見張るだけでなく、店のまわりの見廻りも行った。とくに変わった様子はなく、一日は大過なく過ぎていったが、泊まり込みをはじめて二日目の夜に、清兵衛はお仙に呼ばれた。

「ご酒は召しあがりますか？」

お仙の膝許には折敷《おしき》があり、酒徳利と蕪《かぶ》の酢漬けを盛った小鉢が置かれていた。

「酒は飲むが、いまはやめておく」

「お堅いことを。もう表は暗くなりました。あとは休むだけではございませんか」

「………」

お仙は手酌をして盃《さかずき》を口に運んだ。白い喉《のど》が行灯のあかりに染められていた。三十路《みそじ》を過ぎたばかりだがきれいな肌をしている。うなじに垂れた髪の毛が妙に色っぽくもあり、上目遣いに見てくる目には誘惑の色さえ窺える。

「明日は木挽町の茶屋に出かけます」

清兵衛はこめかみをぴくっと動かした。

「池田の殿様からお誘いを受けているんでございます。亭主といっしょに出かけます」

「聞いておらぬぞ」

「池田の殿様……寄合旗本の池田左京様か？」

「さようです。とても楽しい殿様です。桜木様も是非、ごいっしょに」

誘われるまでもなく行くべきだと清兵衛は考えた。

「わたしの唄、聞きたくありませんか……」

お仙はそういうそばから近くに置いていた三味線を取り、何度か短く爪弾《つまび》いた。

それから口の端にふっとした笑みを浮かべ、

「では、短いのを……」

そういって勝手に歌い出した。

〽都鳥　流れにつづく燈籠の
よるよる風の　涼み舟
波の綾瀬の　水清く
心すみだの舵《かじ》枕

低く抑えた清らかな声であった。清兵衛は心ならず感動したが、表情には出さなかった。

「いい声だ」

「もっとお望みとあらば……」

「いや、今夜は遠慮しておく」

清兵衛はそのままお仙の部屋を出て、茶の間にいた小左衛門に会った。

「お仙が歌っていましたね。聞こえてまいりました」

「聞かせてもらった。なかなかのものだ。それはともかく、明日木挽町の茶屋に行くそうだな」

「さようです。ご贔屓《ひいき》いただいております池田の殿様からのご招待なので、断るわけにはまいりません。いけませんか？」

小左衛門は不安そうな目を向けてくる。

「できることなら断ってもらいたいが、木挽町ならすぐそこだ。わたしも供をする。むろん、席にはつかぬが……」

「心強うございます」

八

翌日の昼もとくに変わったことはなかった。

そして日が暮れ、六つ（午後六時）の鐘が鳴る前にお仙と小左衛門は木挽町にある磯見亭《いそみてい》という料理茶屋に入った。

お仙は座敷で唄を披露するために三味線を持参していた。

すでに池田左京は店に着いていたらしく、奥の座敷から賑やかな声が聞こえてきた。廊下の隅に控えた清兵衛は座敷から聞こえてくる声に耳を澄まし、廊下を行き来する女中や客に目を注いだ。

（この歳になって、まさかこんな仕事をすることになるとは……）

清兵衛は内心でぼやく。もっとも現役の頃はこれに似た役目をやったことはあるが、まさか用心棒をやるとは思いもしなかった。

小半刻《こはんとき》（約三十分）もすると、お仙のいる座敷がさらに賑やかになり、池田左京のご機嫌な声が聞こえてきた。

「そろそろお仙殿の唄を聞かせてもらおうか。芸者を呼ぶ手間が省けて何よりじや。お仙殿、やってくれるか」

「それではひとつ……」

お仙のすました声と、短く爪弾かれる三味線の音が聞こえてきた。音を合わせているらしく、それは少しつづいたが、「では」というお仙の声で座が静かになった。

暗い廊下の隅に控える清兵衛は薄く目を閉じた。

〽主《ぬし》と二人で　裏店借りて
世帯《しょたい》を持てば　鍋釜へっつい
銅壺《どうこ》やかんまで　買いそろえ
それで足らずば　すり鉢すりこぎ
せっかい味噌こし　まな板包丁
灰ならし　そしていつ来なますえ

「いやあ面白い、面白い唄だが、声がよい。いつ聞いても惚れ惚れじゃ」

ご機嫌な左京が手をたたいて喜んでいる。一度店で見かけただけだが、小太りでにこやかな恵比寿顔だった。歳はとうに還暦を過ぎていると思われるが、血色のよい年寄りだった。

左京がもうひとつとせがめば、すぐにお仙がそれに応えて歌い出した。その歌声をよそに、清兵衛は廊下を行き来する女中を眺め、厠《かわや》に立つ客を見る。

と、玄関脇に控えた男がいた。むんと眉間にしわを彫り男を見るが、柱と壁が邪魔をして男の膝しか見えない。

（何者だ……）

膝しか見えない男は動かずにじっとしている。ときどき、女中がその男を見たが声をかけるでもなく、そのまま台所に入っていく。

清兵衛は気になった。薄暗い廊下の隅に控えていたが、立ちあがるとゆっくりと玄関のほうに足を進めた。

膝しか見えなかった男の顔がはっきりとわかったのはすぐだ。相手は座ったままにらむように見あげてきた。

「や、おぬしは……」

先に声をかけてきたのは中島秀之助だった。

「殿様の供でござるか」

「いかにも。おぬしは……」

「甲州屋の供だ。中島秀之助というのだな」

清兵衛がそういうと、中島はにらむように見返してきた。

「おぬしは？」

「桜木清兵衛。名乗るほどの者ではない。隠居侍だ」

清兵衛はさらりといった。

「隠居の身で甲州屋の供か……。甲州屋もよほど物好きだな」

「世間には物好きが多い。わたしもその一人だ」

清兵衛は余裕の笑みを浮かべて中島を眺めた。

「目障《めざわ》りだ。それに、そこに立っていたら店の者の邪魔であろう。少しは気を使え」

邪険《じゃけん》にいわれたが、暖簾に腕押しよろしく、

「そうであるな。耄碌《もうろく》すると粗忽《そこつ》になっていかぬ」

と、かわした。中島はふんと鼻を鳴らした。

「お開きまで小半刻もないだろう。どれ、わたしは表の風にあたってこよう」

表には駕籠が置かれていて、そばで二人の駕籠舁《か》きが煙草《たばこ》を喫《の》んでいた。その近くには左京の屋敷の奉公人らしき男が二人いた。草履取りと中間のようだ。

清兵衛は店のまわりをひとめぐりした。あやしい人影はなかった。店の玄関に戻ると女中があらわれ怪訝《けげん》そうな顔をしたので、

「騒がせてすまぬ。甲州屋の連れだ」

と断ると、女中は心得顔でうなずいて台所に消えた。

だが、すぐそばにいるはずの中島秀之助の姿がなかった。

(どこに行ったのだ?)

廊下の奥に目を走らせたが人の姿はない。

「お女中、ここに控えていた侍がいただろう。どこへ行った?」

清兵衛は台所から燗酒《かんざけ》を持って出てきた女中に声をかけた。

「お座敷にお入りになりましたよ。池田の殿様のいらっしゃるお座敷です」

清兵衛はその座敷に目を向けた。再びお仙の唄が聞こえてきた。

その座敷がお開きになったのは、それから間もなくのことだった。小左衛門が礼をいう声を聞いた清兵衛は先に店の表に出て待った。

ほどなくして店の主に見送りを受ける左京たちが出てきた。左京は酩酊《めいてい》していた。小左衛門とお仙は、その左京に何度も礼をいって頭を下げる。

「いやいや楽しい今宵であった。甲州屋、またまいる。お仙殿、いつ聞いてもそ

なたの唄は一番だ」

ハハハと左京は笑って駕籠のなかに入った。その駕籠を警固するように中島秀之助がついた。

「ではお殿様、気をつけてお帰りくださいまし」

小左衛門が頭を下げる。お仙も倣《なら》って頭を下げる。駕籠が持ちあげられ、すぐに去って行ったが、このとき清兵衛は気になることがあった。

「お仙、ご覧なさい。いい月が浮かんでいる」

小左衛門が夜空を指さす。満月が浮かんでいた。

清兵衛は月には目を向けず、闇のなかに溶け込もうとしている左京の駕籠を見た。

九

「池田左京様とはいかような関わりであるか？　いや、この店の得意だというのはわかっておるが……」

甲州屋に戻るなり、清兵衛は小左衛門に聞いた。

「それはご贔屓くださいます大事なお客様です。それ以外には何もありません」

「中島秀之助という家来がいるな。あの男、いつも池田様についているのか？」

「桜木様、どうしてそんなことをお訊ねになるんです？」

お仙だった。酒を飲んでいるせいか、頬がほんのり赤く染まっている。妙に色っぽいが、清兵衛はそんなことには拘《こだわ》らない。

「今夜のような酒席は初めてか？」

清兵衛はお仙をまっすぐ見る。

「いいえ、何度か……そうですね三月《みつき》に一度くらいでしょうか。お仙がこの店に来てからはそんな按配《あんばい》です」

答えたのは小左衛門だった。

「その席に中島はいつもいるのか？」

「いらっしゃるときもあれば、そうでないときもあります。わたしはあの人の目つきが苦手ですけれど……」

お仙はふうとため息をつく。

「なぜ、中島様のことを……」

小左衛門だった。

「気になることがあるだけだ。わたしの思い違いかもしれぬが……」

小左衛門はどんなことだと聞いてきたが、清兵衛は余計なことはいわずに、今夜は休んだほうがよいといっただけで茶の間を離れた。

清兵衛が気になったのは、料理茶屋磯見亭から出てきたときの中島秀之助の視線だった。主の池田左京を守るための供侍のくせに、その視線はずっとお仙に注がれていた。お仙が池田左京に礼をいう間も、その視線は向けつづけられ、そして店の前を離れるときもお仙を振り返って見た。

中島秀之助がどんな男なのかはわからないが〝あの視線〟が気になるのだ。

お仙は小左衛門といっしょに、三月に一度池田左京の酒席に出ている。そのたびにお仙は小唄を披露している。お仙は魅力のある美人だ。

他人の妻だといっても、そんな妻に懸想《けそう》する男がいる。

そこには、「あの女が自分の妻だったなら」という嫉妬が生まれる。

もし、中島秀之助がお仙に惚れているとしたら、小左衛門を羨むだろう。また、夫婦仲のよさを目《ま》のあたりにすれば、お仙を憎むかもしれぬ。

清兵衛は過去にそんな事件に関わったことがある。人の心のうちはわからない。情愛が憎しみに変わり、陰惨な結果を生むことがある。

（まさか、そんなことが……）

清兵衛は与えられた小部屋で横になったが、なかなか眠ることができなかった。暗い天井を眺めながら、中島秀之助のことを考えた。

（あの男、あやしい）

店は静かだ。二階と一階の奥には住み込みの奉公人たちが住んでいる。若い小僧と手代と女中だ。その数は十二人。お仙の命を狙う者が店に侵入するのは難しい。

（そうか。戸締まり……）

清兵衛は半身を起こすと、そのまま部屋の外に出て廊下をわたり、戸締まりを確認した。表戸も裏の勝手口もしっかり締められている。念のために、庭に出て店の敷地内を見廻った。叢雲《むらくも》から吐き出された月がゆっくり西に動いている。板塀の向こうから夜廻りをしている者たちの拍子木に合わせたように、犬の遠吠えが聞こえた。

勝手口から店のなかに戻り、台所で水を飲んだ。板張りの廊下が常夜灯のあかりを受け黒光りしていた。

清兵衛が与えられている寝間に入ろうとしたとき、廊下に足音がした。さっと振り返ると、黒い影が角に消えた。

息を殺し、足音を忍ばせて引き返したとき、仄《ほの》かなあかりとともにぬっと黒い影があらわれた。影の主はヒッと息を呑んで驚いた。

（誰だ）

「竹蔵か……。何をしておるんだ」

手代の竹蔵だった。左手に持っている手燭のあかりが白い顔を浮きあがらせていた。

「厠に行ってきたんです。あー、びっくりしました」

竹蔵は胸を撫で下ろして言葉をついだ。

「まだお休みではなかったのですか？」

「眠れなくてな。外を見廻ってきたのだ」

「それはご苦労様です。では、お休みなさいませ」

そのまま竹蔵は自分の部屋へ向かった。

翌朝、清兵衛は奉公人たちの仕事ぶりを眺めていた。

夜明け前から台所では女中たちが忙しく立ちはたらき、住み込みの手代や小僧ははたき掛けをしたり、雑巾掛けをしたりと掃除に余念がない。

清兵衛はそんな様子を見ているうちにふと気づくことがあった。

朝餉を食べ終える頃に番頭や通いの手代がやってきて、表戸が開けられ暖簾がかけられる。

「桜木様、今夜もお泊まりになるのかしら」

顔を合わせたお仙が聞いてきた。薄化粧だがきめの細かい肌は美しい。

「小左衛門と相談をして決める。今夜ひと晩様子を見るかどうかだ」

「ずっとお泊まりになっていただけると、わたしはよく眠れます。頼りになる人が同じ屋根の下にいらっしゃると安心できるんです」

お仙は長い睫毛《まつげ》を伏せると、そのまま奥座敷に消えた。

清兵衛はそのあとで、小左衛門と相談をした。

「今夜だけでもお願いできませんか」

「まあ日の暮れまで考えることにする。ところで、池田左京様のお屋敷の詳しい場所を教えてくれぬか？」

「殿様の……」

「気になることがあるのだ」

小左衛門は訝《いぶか》しげな顔をしたあとで、

「それなら、届け物がありますから、そのときにいっしょに行かれたらよろしいでしょう」

昨夜のお礼に池田左京に京菓子を届けるために、手代の竹蔵を使いに出すといった。

四つ（午前十時）過ぎに、清兵衛は竹蔵といっしょに池田左京の屋敷に向かった。

「伏見屋《ふしみや》のお菓子は殿様の好物なのです。ご酒も召しあがられますが、甘い物もお好きなのですよ」

竹蔵は歩きながら説明する。

「届けるときに家来の中島秀之助がいたら、呼び出してくれぬか」

「中島様を……」

竹蔵はなぜだというように目をしばたたく。

「聞きたいことがあるだけだ」

十

「中島秀之助はいたか？」

池田家に京菓子を届けた竹蔵が屋敷門から出てくると、清兵衛は真っ先に聞いた。

「玄関のそばにいらっしゃったので、ちゃんとお伝えしました。すぐに見えるはずです」

「よし、おまえは先に帰っておれ」

竹蔵は得心のいかない顔をしたが、それではと、頭を下げて帰っていった。

待つほどもなく長屋門脇の潜り戸から中島秀之助がのっそりとあらわれた。

「何用だ?」

相変わらず無粋な顔を向けてくる。背は清兵衛より二寸(約六センチ)は高いだろう。尖った顋をするっと撫でて清兵衛をにらむように見る。

「おぬし、甲州屋のお仙をどう思う?」

突然の問いかけに、中島は片眉を動かした。

「藪《やぶ》から棒に……。何も思うはずはない。あれは甲州屋の女房だ」

「世間には他人様の女房に惚れる者がいる」

「きさま、おれを愚弄《ぐろう》するのか」

「気になっただけだ。おぬしは昨夜磯見亭から出てきたお仙をずっと見ていた」

「それがどうした？　あの浮ついた顔がめずらしかっただけだ。よほど楽しんだのだろうが、あの女房はいつもおれを毛嫌いするような目で見やがる。気に食わぬ女だ」

「おぬしの好みの女ではないと……」

中島はふんと鷲鼻を鳴らして、嘲《あざけ》るような笑みを浮かべた。

「馬鹿をいえ。なにゆえ、さようなくだらぬことを聞きやがる」

清兵衛は中島を凝視していた。

「気に障ったら謝る。勘弁だ」

清兵衛は小さく頭を下げた。

「用はそれだけか。手合わせをしたいという申し出ならいつでも受ける。そうはいってもおれの相手ではないだろうが……」

「打ち合ってもわたしには勝ち目はないだろう。負ける勝負はしたくない」

「おぬしは歳もいっているからな」

中島は小馬鹿にしたような笑みを浮かべた。清兵衛は自信に満ちた中島を短く見返して、

「失礼つかまつった」

と、目顔でいって背を向けた。

刹那《せつな》、背後の風が動いた。清兵衛はさっと右へ跳び、刀の柄《つか》に手をかけて振り返った。

中島が抜いた刀を八相に構えていた。

「歳のわりにはいい動きだ」

不遜《ふそん》な笑みを浮かべている中島は、ゆっくり刀を下げて鞘《さや》に納めた。ただの脅しだったようだ。清兵衛は中島を強くにらみ、

「益体《やくたい》もないことを……」

小さく言葉を返して、甲州屋に引き返した。どうやら、中島がお仙を脅迫しているというのは考えられない。一応疑ってはみたが、見当外れだったようだ。

（すると、やはり……）

清兵衛は足を急がせた。

「あの脅し文を出した者がわかったのでございますか……」

清兵衛は甲州屋に戻るなり、小左衛門を帳場裏の座敷に呼びつけ、おおよその見当がついたといった。

「たしかだとはいえぬが、おそらくそうだ」

「それはいったい誰で……」

「まあ待て、いろいろと聞かなければならぬことがある。その前に例の文は残っているだろうな」

「いざとなったら御番所のお世話になるかもしれませんので、そのときの証拠として取ってあります」

「賢明である。これに持ってまいれ」

小左衛門は立ちあがるとせかせかと奥の座敷にいって、すぐに戻ってきた。清兵衛は三通の文を眺めると、

「手代の竹蔵を呼んでくれるか」

と、小左衛門を見た。

「竹蔵を……まさか、あの竹蔵が……」

「いやいや、ちょっと調べたいことがあるだけだ。そうだな、この部屋よりもっと奥の座敷がよいだろう。ここは人の耳がある」

「では、奥の座敷でお待ちください。すぐに竹蔵を呼んでまいります」

清兵衛は先に奥座敷に行って小左衛門と竹蔵を待った。

晩春の日差しに溢れている庭のどこかで鶯が鳴いている。風は青葉の香りを運んでくる。

待つほどもなく小左衛門と竹蔵がやってきて、清兵衛の前に腰を下ろした。

「桜木様が、おまえにお訊ねになりたいことがあるそうだ」

小左衛門は竹蔵を見た。

「いったい何でございましょう」

竹蔵は心細げな目を清兵衛に向けてくる。

「お仙を脅す文が届いているのは知っているな」

清兵衛はまっすぐ竹蔵を見る。

「あ、はい」

「うむ、ここにその文があるが、見たことはあるか?」

「桜木様、その文は奉公人には見せておりません」

小左衛門が慌てたように遮った。

「では、見てもらおう。これがそうだ」

清兵衛は三通の脅し文を膝前に置いて広げた。竹蔵の目がその文にいく。しかし、すぐに顔をあげた。脅し文は極めて短い。

「……これがそうだったのですか」

竹蔵は目をまるくした。

「さようだ。今日はこの店の奉公人、すべての筆跡を鑑定したいと思う」

「筆跡の鑑定……」

小左衛門が驚いたように目をみはった。

「もし、奉公人のなかに脅し文を書いた者がいるなら、それでわかるはずだ」

「すると桜木様は、お仙を脅したのはうちの奉公人だとお考えで……」

「この文を書いたのが、店の者ではないという証拠はないはずだ」

「それはそうでしょうが、まさかうちの者がそんなことをするとは……」

「それは小左衛門、そなたの思い込みであろう。灯台下暗しということもある。まずは竹蔵、おまえにこの文と同じものを書いてもらおう。小左衛門、半紙と墨をこれへ持ってまいれ。筆も忘れるな」

小左衛門は二つ返事をして帳場に去った。

「桜木様はわたしを疑っていらっしゃるのでしょうか……」

取り残された竹蔵は心細げな顔をした。

「疑う疑わないはわたしの勝手だ。わたしの仕事はお仙を脅している者を見つけることだ」

「桜木様、お持ちしました」

小左衛門が戻ってきた。

「では、竹蔵、この文と同じことをこれに書いてくれ。一行だけでよい。その前に墨を摺《す》れ」

清兵衛にうながされた竹蔵は墨を手にした。

十一

「さあ、書くのだ」

清兵衛は墨を摺り終わった竹蔵に再度うながした。

竹蔵は一度生つばを呑み込んで半紙に筆を走らせた。

――いい気なもんだ。おまえの顔を見ると殺したくなる。

清兵衛と小左衛門はその筆跡を食い入るように見る。

「これでよろしいでしょうか」

書き終わった竹蔵は書いた半紙を清兵衛に見せた。清兵衛は眺めただけで、小左衛門にわたした。

「どうだ?」

「まったく違います」

小左衛門はそういって、

「他の奉公人を呼びますか?」

と、清兵衛に伺いを立てた。

「その前に竹蔵に聞きたいことがある。おまえの利き腕はどっちだ?」

「は……」

竹蔵は目をしばたたき、

「右手でございますが」

と、答えた。

「箸も右手か?」

「はい」

「されど、ものを持つときは左手のほうが多い。昨夜、廊下で出くわしたが、おまえは手燭を左手で持っていた。まあ、そういうときもあろうが、今朝、掃除をしたときおまえは左手ではたきを使っていた。そして、たったいまも墨を左手で摺った」

あっと、竹蔵は口を開き、目をみはった。

「何を驚いている。おまえは左手も使えるはずだ。左手で同じ脅し文を書いてもらおう」

「………」

「どうした。何を躊躇っておる」

竹蔵の顔色がみるみる変わった。

「おまえだったのか……」

小左衛門が拳《こぶし》をにぎり締め、膝をすって竹蔵に近づいた。

「申しわけございません」

竹蔵はその場に平伏し、肩をふるわせた。

「なぜ、あんなことをした？　悪戯だったのか、それともおまえは本気でお仙を殺そうと考えていたのか。怖ろしいことを……よくも、よくも」

小左衛門が拳を振りあげて竹蔵を殴ろうとした。その手を清兵衛がつかんで首を振り、

「話を聞こう。それが先だ」

と、小左衛門を窘《たしな》めた。

「お許しください。わたしは、わたしは……」

竹蔵は額《ひたい》を畳に擦りつけたまま声を漏らす。

「わたしは何だ？　竹蔵、正直にいいなさい」

小左衛門は怒りで顔を真っ赤にしていた。

「その、わたしはおかみさんが……おかみさんが後添いとして見えられたときに、おかみさんに惚れてしまったのです。なんてきれいな人なんだろう。なんて美しい人なんだろうと、心の底から思い、毎日おかみさんを見るのが楽しみでした。声をかけられるとのぼせたように嬉しくなりました。でも、おかみさんには旦那さんがいらっしゃる。どうすることもできません。それに……」

竹蔵は声を詰まらせ短く嗚咽《おえつ》した。

「それに何だね」

小左衛門は冷めた目で竹蔵を眺めている。

「旦那さんとおかみさんは仲がよくて、そのことが羨ましくて……わたしはどうすることもできません。仲睦《むつ》まじいところを見ると、だんだん憎らしくなって……すみません。本当にすみません」

竹蔵はぽとぽとと涙をこぼした。

「本気でお仙を殺す気でいたのか」

清兵衛が聞いた。竹蔵はかぶりを振った。

「殺したいと思いました。竹蔵は困らせてやりたかったのです。できることなら無理心中をしようかと考えたこともあります。でも、そんなことはできません。ただ、おかみさんの困った顔を見たかった。おかみさんの幸せを壊してしまいたくなったんです」

「あきれたね」

小左衛門は大きなため息をついた。

「さて小左衛門、竹蔵のことをいかがする?」

清兵衛は小左衛門を見た。

「訴えるならまずは自身番にしょっ引くか……」

「へっ……」

竹蔵が驚いて泣き濡れた顔をあげた。

「竹蔵はお仙に手は出しておらぬが、脅しをかける文を三通も送った。それは立派な恐喝である。恐喝は金や物を取る取らないにかかわらず獄門になる」

「えっ……」

竹蔵はまた驚いた。顔は紙のように白くなっている。

「なんだ、そんなことも知らなかったか。覚悟のうえでお仙を脅したのではないのか。小左衛門が訴えれば、おぬしは首を斬られ、その首を三日晒《さら》されることになる。さあ小左衛門、いかがする？　訴えるなら手伝ってやるが……」

清兵衛はたっぷり竹蔵に脅しをかける。いまや竹蔵はふるえあがっている。小左衛門は短く躊躇っていたが、

「竹蔵や」

と、口を開いた。「はい」と、竹蔵が恐る恐る顔をあげた。

「荷物をまとめて出て行っておくれ。訴えてもよいが、おまえさんはこれまでよくやってくれた。怖ろしい脅しをかけたことは許せないが、この店から罪人を出すことはできない。そうしてくれるか」

小左衛門は慈悲をかけた。

とたん、竹蔵の顔がくしゃくしゃに崩れ、ぽろぽろと涙を流した。

「はい。ありがとうございます。旦那さん、まことに申し訳ないことをいたしました。おかみさんにも謝らなければなりませんが……」

「それはよい。余計なことだ。わたしはもうおまえさんの顔を見たくない。この店から一刻も早く出て行ってくれ。それで何もなかったことにしてやる」

ううっ、と竹蔵はまた涙をこぼし、何度も頭を畳に擦りつけてからゆっくり座敷を出ていった。

竹蔵の気配がすっかり消えるまで、清兵衛と小左衛門は黙っていた。表から楽しげな鶯の声が聞こえてくるだけだった。竹蔵はお仙の亭主である小左衛門を羨み、そしてお仙を妬んだ。その末の脅しだったのだ。

「小左衛門、このことお仙に伝えるか？」

しばらくたってから清兵衛は問うた。

「いえ、話すなら少し刻《とき》がたってからにいたします。いまは無用な騒ぎは起こしたくありません。竹蔵が出て行ってくれさえすれば、それでよいと思います」

「うむ。小左衛門、さすが大店の主だ。わたしもそのほうがよいと思う。とまれ、何も起きなくてよかった」

「それもこれも桜木様のおかげでございます。あらためてお礼申しあげます」

「まあ、わたしもこれで安心した。さりながらまだ竹蔵のことが心配だ。おとなしそうな男だが、まだ油断はならぬ。竹蔵がこの店を出て行くのをしっかり見届けよう」

「何からなにまでお骨折りいただき、ありがとう存じます」

十二

小半刻後、竹蔵は甲州屋から少ない手荷物を持って表に出てきた。一度店を振り返り、深々とお辞儀をすると、清兵衛に顔を向けてまたお辞儀をした。

「さ、まいろう」

「え、桜木様。もうわたしはここで……」

「それはならぬ。おぬしを見送るのはわたしの役目だ。それでどこへ行く?」

「まだ決めておりませんが、とりあえず田舎に戻ることにいたします」

「田舎はどこだ?」

「千住の先にあります松戸でございます」

「ならば日光道中だな。日本橋まで送ってまいろう」

清兵衛が歩き出すと、竹蔵がうなだれてついてきた。

「わたしがどんな男か知っておるな」

京橋をわたったところで清兵衛は口を開いた。

「はい、旦那様から伺っております」

「いっておくが、もし向後お仙の身に何かあったならば、真っ先におまえを疑うことになる」

「もうわたしは何もいたしません」

そうであろうと清兵衛は思うが、甘い顔は見せられない。

「二度と邪《よこしま》な考えは起こさぬことだ。罪もない者を無用に不安に陥れたことを忘れてはならぬ」

「もう決して道に外れたことはいたしません」

「まっすぐ生きろ。おまえは悪いやつではない。真面目に一所懸命はたらけば、また道は拓《ひら》けよう」

「はい」

清兵衛は殊勝にうなずく竹蔵を眺めた。すっかり滅入《あい》っている。自分のやったことを深く後悔し自省しているのがわかる。

そのまま清兵衛は黙って歩いた。竹蔵はおとなしくついてくる。

「さて、ここまでだ」

日本橋の手前で清兵衛は立ち止まった。

「おのれのしでかしたことをよく考えて、これからはしっかり生きることだ。妙な気を起こすでないぞ」

「はい、ありがとうございます」

「体を大事にしろ。では、さらばだ」

竹蔵は深々と頭を下げ、お世話になりましたと泣きそうな顔でいうと、そのまま日本橋をわたっていった。

その姿が見えなくなるまで清兵衛は見送って、やっと安堵《あんど》の吐息を漏らし、

「やれやれだ」

と、つぶやき、空を仰いだ。動かない真っ白い雲が浮かんでいた。

後味はあまりよくなかったが、それはいたしかたないことである。清兵衛はそう考えて来た道を引き返した。昼下がりの通りには人が溢れていた。

第二章　兄妹

一

小雨の降ったあと、雲の隙間から日が差し、雨がやんだと同時に鳥が楽しげに囀《さえず》りはじめた。

炭町《すみちょう》にある商家の軒下《のきした》で雨宿りをしていた安江は、薄日の差した空を見てから京橋川に架かる三年橋に向かった。南伝馬町《みなみでんまちょう》の紅白粉屋で紅を買っての帰りだった。

江戸の橋の多くは弓なりになっている。それは橋の下をくぐる舟のためと、橋自体の強度を高めるためだ。よって橋をわたるとき、橋の頂上から先は見えない。

安江が駒下駄の音をさせながら三年橋の頂上に来たとき、その先にうずくまっている女がいた。どうしたのだろう。具合でも悪くなったのかしらと訝しく思って近づくと、その女はしくしくと泣いているのだった。

「どうなさったの？　具合でも悪いの？」

安江が声をかけると、女がゆっくり顔をあげた。十七、八の娘だった。その娘は短く安江を見て小さくかぶりを振ると、またうつむいてしくしく泣く。

「どこか痛いの？」

安江はしゃがんで娘の背中をやさしくさすってやった。

「いいえ、痛いところはありません。悲しくて苦しくて……ううっ……」

娘は泣き濡れた顔をあげて、すみませんと謝る。

「何かつらいことがあったのね」

娘はそうだというようにうなずいた。

「わたしは本湊町に住んでいる桜木安江と申します。わたしでよければ何が苦しいのか話してくれないかしら。悩みがあるときは、人にその悩みを打ち明けると楽になることがあります。役に立てないかもしれないけれど、話してみない」

娘はじっと安江を眺めた。めずらしいものでも見るような目だった。まるい顔に小さな鼻と澄んだ瞳、小振りの唇にはまだあどけなさが残っていた。

「あそこに茶屋があるから、少し休まない。いかが……」

再度誘うと、娘はこくんとうなずき、ゆっくり立ちあがって安江についてきた。

「松《まつ》といいます。新両替町にある伊勢屋《いせや》という紙問屋に奉公しています」

茶屋の床几《しょうぎ》に並んで腰を下ろし、安江が茶を注文したあとで、娘はそういった。歳を聞けば、やはり十八だった。

お松は茶に口をつけると、ふーと小さなため息をついた。少し落ち着いた様子だ。

「お店《たな》で何かつらいことがあったのかしら。それともお身内に不幸が……」

安江が話しかけると、お松は足許に視線を落とした。

通り雨で黒く湿った地面が、日差しを照り返していた。

「見ず知らずの人に悩み事は打ち明けられないわね。お店に戻って誰かに相談したらどうかしら」

お松は小さくかぶりを振ってから、

「困った兄がいるんです」

と、蚊の鳴くような声を漏らした。

「お兄さんが……」

「はい。商売をやっているんですけれど、うまくいかなくて、それでわたしにお金を貸してくれといってくるんです。わたしはお金はありませんけれど、それでも何とか都合してお金をわたします。兄に頭を下げられるといやといえないし、困っている兄を見ると何とかしてやりたいと思うんです。でも、もう……」

「そう。それは困ったわね。お兄さんはいくつなの？」

「二十七です」

「ずいぶん離れているのね。それでお兄さんは何をしてらっしゃるの？」

「小さな乾物屋です。店が潰れそうだから、今日のうちにお金を都合しないとほんとうに潰れてしまうと泣きつかれると、いやといえないのです。でも、わたしはわかっているんです」

「………」

「兄はわたしだけでなく親兄弟にも親戚にもお金を借りています。それに高利貸にも……。もう返すあてがなくて、借金で首がまわらなくなっているんです。だめな兄だというのはわかっていますけれど、頼まれるとどうしても断れないんです。でも、もうわたしは何もしてあげられません。紙屋で女中奉公している身ですから」

「それはしかたないわね。それにしてもお兄さんはどうしてそんなにお金を……」

「商いが下手なのだと思います。今度はうまくいくといつもいうくせに、しばらくすると仕入れの代金が足りなくなった。売り掛けが取れなくなったと、そんなことばかりで……」

「困ったお兄さんだわね」

「いやな兄でだめな男だと思うんですけれど、兄妹《きょうだい》ですから……」

「気持ちはわかるけど、他のご兄弟やご両親はどうなさっているのかしら」

「見放しています。わたしも関わらないほうがよいといわれていますけど、わたしが見放したらほんとうに兄はひとりぼっちになってしまいます」

お松は膝の上に置いた手をにぎり締める。

「やさしいのね。でも、やさしさが仇《あだ》になることもあるのよ」

そういう安江をお松はまっすぐ見てきた。

「やさしさが仇……」

「そう。あなたがお兄さんを助けるから、お兄さんは頼りにする。言葉は悪いけど、お兄さんはあなたを都合よく使っているような気がします。今度頼み事をされたらはっきり断ったらどうかしら」

「そうですね」

お松はぼんやりした顔でつぶやく。

「お兄さんのお名前は?」

「伊兵衛《いへえ》といいます」

「ご商売はどこでされているの?」

「室町二丁目です。でも、ほんとうにそこに店があるかどうか、わたしはあやしんでいます」

「どうして……。お店に行ったことはないの?」

「勝手に出かけられないので、ありません」

「それはあなたのお店からってことね」

お松はそうだとうなずき、

「そろそろお店に戻らなければなりません。桜木様、ありがとうございました。少し心が軽くなりました」

といって立ちあがりお辞儀をした。

二

「それは困った兄を持ったものだね」

清兵衛が安江からお松の話を聞いたのは、散歩から帰ってきて茶の間でくつろいでいるときだった。

「何とかできないものでしょうか」

「それは、兄妹のことだからね。他人が無用にしゃしゃり出るのは考えものではないか」

「あなた様はお松さんに会っていないから気楽なことをおっしゃいますが、あの子は真剣に悩んでいるのですよ。だめな兄とわかっていながら、その兄を思いやるお松さんの気持ちは純真そのものです。だからわたしは余計に心配なのです。橋の途中でうずくまって泣くなんて、よほどのことではありませんか……」

「まあ、そうであろうが……」

「真剣に聞いていらっしゃるんですか」

安江が険しい目をした。清兵衛は内心で慌てる。

「聞いておる。聞いておるが、どうしたいというのだね。親兄弟をはじめ親戚からも見放されている男だ。まあ、お松という妹は可哀想だろうが、だめな兄貴の無心にもかぎりがあろう。お松は紙問屋の女中なのだから」

安江は厳しい顔で首を振る。

「わたし、帰ってくるときに考えたのです。お松さんは心から兄を心配しています。お金はたしかにないでしょうが、兄のために何とかしたいと考え、店のお金に手をつけたり、他の奉公人のお金をくすねたりと、兄を思うあまり道を外してしまったらそれこそ目もあてられません」

「そんなことをしそうな子かね」

「人って切羽詰まったら、自分を見失うことがあるのではありませんか」

安江は心底お松のことが気になっているようだ。

「ふむ。しかし、難しいことだ」

「難しいとかおっしゃらないで、何とかできませんか」

安江は膝を詰めてくる。

「悪いのはお松さんのだめな兄です。改心させるべきでしょう。そうは思いませんか。やさしい妹を食い物にしている気がするんです」

いつにない安江の真剣さに、清兵衛も少し考えなければならないと思う。

「だめな兄の名は、何というのだ。それから店はどこにあるのだね」

「名は伊兵衛で、お店は室町二丁目の乾物屋だと聞きました。店の名前はわかりませんが……」

「親がどこに住んでいるか、兄弟が何人いてどこで何をしているか聞いたかね？」

安江ははっと目をみはった。それは聞いていないとつぶやく。

「ま、よい。一度その伊兵衛というだめな兄貴に会ってみよう」

「お願いいたします。あなた様だけが頼りです」

「お松の店は新両替町の伊勢屋という紙問屋だったね」

「さようです」

清兵衛は窓の外に目を向けた。まだ昼下がりで、日が落ちるまでには間がある。

「これからちょいと行ってみよう。こういったことは早いほうがいいだろう」

清兵衛が腰をあげると、安江はほっと安堵した顔になった。

表に出た清兵衛はのんびりと歩いた。南八丁堀の通りを抜け、楓川《もみじがわ》沿いの河岸道を辿った。

陽気がよいので道行く者たちは薄着だ。絣《かすり》木綿や縞木綿の者が多い。他に縮緬《ちりめん》や綸子《りんず》を着ている者もいるが、これが盛夏となれば、いかにも涼しげな絽《ろ》や紗《しや》などが目立つようになる。

（それにしても……）

清兵衛は歩きながら内心でつぶやく。

安江がお松という娘のことを心配するのは、よほどお松を気に入ってのことだろうが、少しお節介しすぎではないかと思う。そこが安江のやさしさだろうが、まあ女心はよくわからない。

日本橋をわたり室町に入った。伊兵衛というお松の兄は乾物屋をやっているらしいが、近くに魚市場があるのでまあ納得はできる。

伊兵衛の店の名はわからなかったが、乾物屋はさほど多くない。どうせ小さな店だろうと思って眺めていったが、らしき乾物屋はない。室町二丁目といえば越《えち》後屋《ごや》が大きく幅を利かせている町だ。しかし、越後屋の裏通りにもなかった。

脇店を見ていくが小さな乾物屋は見あたらない。自身番を訪ねると、見知った書役が驚き顔で尻を浮かし、

「これは桜木様」

と、目を見開いた。

「ずいぶんご無沙汰をしていますが、お達者そうで何よりでございます」

書役は清兵衛が隠居したことを当然知っている。

「いやいや、すっかりご無沙汰であるな。変わりないようで何よりだ」

「今日は何かご用で……ああ、茶を淹れておくれ」

書役は詰めている店番《たなばん》に、慌てたようにいいつけた。

「ああ、茶はよい。聞きたいことがあるのだ、室町二丁目に伊兵衛という男がやっている乾物屋があると聞いたのだが、知らぬか？」

「伊兵衛……乾物屋でございますか……」

書役は目をしばたたき、店番を見て知っているかと聞いた。店番も首をかしげて、

「丸屋さんとか片口屋《かたぐちや》さんならありますが、ご当主の名は伊兵衛という名ではありません」

と、いう。

「小さい店だと思うが……」

「さあ、この町にはないはずです。片口屋か丸屋の奉公人でしょうか？」

「そうではない。すると、隣町かもしれぬな」

清兵衛が表に目を向けると、

「一丁目にも乾物屋はありません」

と、店番がいう。

「するとおかしいな」

清兵衛はそういって、簡略にお松のことを話したが、やはり書役も店番も伊兵衛という男には心あたりがないとはっきりという。

清兵衛は安江が聞き間違えたのか、あるいはお松が伊兵衛という兄に騙されているのではないかと考えた。ない店を探しても詮ないので、短く世間話をして自身番を出た。

三

「ああ……」

お豊《とよ》が喜悦の声を漏らしはじめた。上になってお豊の乳房に吸いついている伊兵衛は、ちらりとお豊の顔を見た。目を閉じ薄く開けた唇の隙間から荒い息をし、眉間にしわを寄せている。

伊兵衛は乳首を口に含み、舌先で転がす。片手はむっちりしたお豊の太股《ふともも》をさすりながら、秘部に指を這《は》わせてゆく。

お豊は腰をくねらせ伊兵衛の背中にまわした腕に力を入れる。伊兵衛は秘部をまさぐりながら、お豊のうなじを愛撫する。

お豊は伊兵衛より十歳年上だった。それでもまだ肌はきれいだし、張りもある。四年前に宗三郎《そうざぶろう》という亭主を亡くして孤閨《こけい》を守っていたのも束の間、つぎつぎと男を取り替えている女だった。

死んだ宗三郎は腕のいい錺《かざり》職人だったので、相応の金を遺していた。だからお豊は食うに困ることはなかった。そのことを知った伊兵衛はお豊に近づき、うまく口説き落として懇《ねん》ごろになった。

若い伊兵衛の口説きに応じたのは、そもそもお豊が生来の男好きだからだ。

──狭い裏店に住んでいるんだったら、うちにいらっしゃいな。

お豊がそういうのに時間はかからなかった。

伊兵衛は誘われるままにお豊の家に転がり込み、そのまま住みつづけている。もう三月になるだろうか。

しかし、お豊の心に変化が起きたのを、伊兵衛は敏感に悟った。このままでは追い出されてしまう。追い出されたらまた貧乏長屋に戻るしかない。だから、お豊の心変わりを止めようと、伊兵衛は必死になっていた。

そのためには伊兵衛の体がなければ、生きていられないというぐらいお豊を悦ばせなければならない。それが伊兵衛の唯一の計策だった。だから、伊兵衛はお豊の体をこれでもかというぐらいに責め立てている。

お豊が激しく吸いついてきた。もっともっとと、せがみはじめる。伊兵衛は汗だくになって愛撫し、敏感な場所を責める。

「ああ、あんたが一番、あんたが……ああっ、ああ……もう、だめ……」

大きな波がお豊の体を襲ったのがわかった。伊兵衛はゆっくりお豊の上から下りて腹這いになると、煙管《きせる》を手にして煙草を吹かした。

乱れた呼吸を整えながらお豊が伊兵衛の腰に腕をまわしてくる。

「水を……」

お豊が耳許で囁《ささや》いた。

伊兵衛は煙管を灰吹きに置いて台所に立つと、湯呑みに水を入れてお豊のそばに戻った。男と女の熱気のこもっている部屋には、淫靡《いんび》な空気が充満している。

お豊は半身を起こし、喉を鳴らしてさもうまそうに水を飲んだ。

「まだ夜は長いな。朝までもう一回気張ろうか……」

伊兵衛がにやけた顔でいうと、お豊は嬉しそうな笑みを浮かべ、

「あんたも好き者だね」

と、伊兵衛のはだけた肩に頰を寄せた。

お豊の白い肌が行灯の薄明かりに染められている。伊兵衛の手をつかみ指をからめて、

「あんたさ……」

と、囁く。

「なんだい」

「商売はだめなんだろう。わたしにいいことといってきたけど、うまくいっていないんだろう」

「なんだいこんなときに……」

「こんなときも、あんなときもないわよ。これ以上、わたしの金をあてにしないでおくれ。あんたとは離れたくないけど、いっしょにはなれないね」

伊兵衛は灰吹きに置いていた煙管を取り、雁首の灰を落とした。急に冷めた気

持ちになった。お豊の心を繋ぎ止めようとしていたのに、目論見《もくろみ》は外れている。

「いっしょになれないってどういうことだい」

伊兵衛はお豊を見つめた。お豊は興奮から冷めた顔をしていた。

「最初はさ、あんたはいい男だし、商売熱心な人だと思ったけど、そうじゃなかった。商売商売というけど、うまくいってないんでしょ」

「そんなこたぁねえさ。いろいろ支度があるんだ。そのために毎日動いてんだ」

「そうかねえ。支度だといってるだけで、捗《はかど》ってないでしょ。店を出すには金がかかりすぎる。元手もないのに商売をはじめるのは難しいもんだよ。いっそのこと担《にな》い売りでもやったらどうだい。そうすりゃ日銭が入るじゃない」

「本気でいってんのか……」

「こんなこと冗談じゃいえないわよ。あんたが店を出して、ちゃんとした商いができるかどうかあやしいもんだ。それに乾物屋はだめだから青物屋をやりたい。青物屋を調べたら、はたらく手間と売り上げを考えると割が合わない。だから小間物屋にしようと、ころころ変わる。挙げ句昨日はなんだい。道具屋は元手が少なくてすむから、それにするといったじゃない」

「小間物屋は仕入れの金がかかるからな」

「道具屋はかからないっていうの？」

「小間物屋よりは安くすむ。世間には値のあるものをがらくただといって捨てるやつもいるし、ほしいならくれてやるって人もいる」

「それでその元手はどうするのさ。わたしの金をあてにされても困るんだよ」

お豊は冷ややかにいった。

「少しぐらいなら面倒見てやろうと思ったけどさ。あんたの様子を見ていると、何だか信用できなくなっちまったんだよ」

「そんな、いきなり突き放すようなことといわなくていいじゃねえか。おれだって一所懸命やってんだ」

「そのわりには埒があかないじゃない。いつになったら商売をはじめるっていうんだい」

「そりゃあ、あと一月《ひとつき》ばかりだ」

「あてにならないね」

お豊はそっぽを向いた。

お椀型の小振りな乳に、伊兵衛の吸いついた痕《あと》が赤くなっている。

「出て行っておくれ」

伊兵衛は目の前が暗くなった。崖《がけ》っぷちに立っていた自分の背中を押された気がした。

「あんたのことは嫌いじゃないけど、付き合いきれないよ」

「そんな……」

伊兵衛はお豊の手をつかもうとしたが、邪険に振り払われた。

「よしておくれ。未練たらしいのは嫌いなんだよ」

伊兵衛は黙り込んだまま、お豊の横顔を見つめた。

「本気でいってるのか?」

お豊が顔を向けてきた。浴衣《ゆかた》を羽織り、

「戸口はあっちだよ」

と、いった。冷たいひびきだった。

四

「えっ」

「安江、安江……」

清兵衛に呼ばれた安江が、はたと立ち止まった。清兵衛は真福寺橋をわたったばかりの大富町《おおとみちょう》にいた。

「どこへ行っていたのだ？」

安江は木挽町のほうからやってきたのだった。

「ちょっとお松さんに会ってきたのです」

「お松か……」

清兵衛は数日前にお松の兄だという伊兵衛に会いに行ったが、居所を突き止めることができなかった。乾物屋をやっているということだったが、そんな店もなかったので、しばらく様子を見るしかないだろうと、安江に話していた。

「それでどうだった？」

「ええ、何もないようですけれど、伊兵衛という兄さんのことを口にすると急に顔を曇《くも》らせるのです。よほど気にかけているようで……」

そういう安江もお松のことを気にかけている。

「何もなければよいではないか」

「それはそうですけど。でも、いろいろと話を聞いてまいりました」

清兵衛は人の行き交う道なので、近くの茶屋に安江をいざなって床几に並んで

腰掛けた。茶が運ばれてくると、

「こうやって夫婦揃って表で茶を飲むなんてことは久しぶりだな」

と、清兵衛が感慨深げにいえば、そうですねと、安江も相槌《あいづち》を打つ。

「それでどんな話が聞けた？」

「両親や兄弟のことです。もっとも、お松さんは仕事をしているので長話はできませんでしたけれど……」

安江は茶に口をつけて話をつづけた。

「お松さんの実家は下谷山崎町でした。父親は大工の棟梁らしいです。それでお松さんは、四人兄弟の末っ子で、伊兵衛というのは長男でした。下にお兼《かね》さんとおっしゃる長女がいて、その下に弟さんが一人あったらしいのですけれど、若くして病に罹《かか》って亡くなったそうです」

「親は大工の棟梁らしいが、なにゆえ長男の伊兵衛は跡を継がなかったのだ？」

「見習いには出たらしいのですが、大工には向いてなかったらしく畳職人の弟子に入り、それも長くつづかずにやめたそうで……」

「やめてどうしたのだ？」

「親に元手を借りて商売をはじめたらしいのですけれど、それもすぐにだめになって、つぎの商売をと、その繰り返しみたいです」

「商いのいろはも知らずにはじめたのだろう。世間にはよくある話だ」

「ご両親には勘当されているようです。それからお兼さんとおっしゃる妹さんにもずいぶん無心したらしく、その挙げ句見放されたということです。お兼さんはお松さんのお姉さんにあたる方です」

「うだつのあがらぬ男ということか。親はさぞや嘆いていることだろう。それにしても……」

清兵衛はあきれたように首を振る。

「それにしても何でございます？」

「うだつのあがらぬ長兄を、末の妹が心配して面倒を見ているというのがいただけぬ。伊兵衛はそんな妹をどう思っているのだろうか？」

「甘えているんですよ。そうとしか考えられません」

「さりとて、それにもかぎりがあるはずだ。お松は女中をしている身だろう。給金は高《たか》が知れているはずだ。そんな妹に無心するとは情けない」

「その情けない兄さんでも、お松さんは見放すことができないのですよ。縁切りをしたらどうかしらといってあげたんですけどね」

安江は湯呑みを両手で持ったまま ため息をつく。そういう安江の横顔を、清兵衛は短く見つめた。

これほどまでに他人のことを気にする安江はめずらしい。よほどお松という娘のことを気の毒に思っているのだろうが、それだけお松という娘には愛《いと》おしさを覚えさせる何かがあるのだろう。清兵衛は一度お松に会ってみたくなった。

「お松の店は伊勢屋といったな」

「はい」

「一度会って話を聞いてみようか」

安江がさっと顔を向けてきた。

「会えば、きっとお松さんのことがわかるはずです」

うむ、とうなずいた清兵衛は通りを行き交う人を短く眺めた。まだ日は高く、夕暮れまでには間がある。もう少し散歩をしようと考えていた手前、少しの道草をするつもりで伊勢屋をのぞきにいってもいい。

「安江、そなたがそれだけ気にかけるからには、わたしもだんだん放っておけなくなってきた。会えるかどうかわからぬが、行ってみよう」

清兵衛がそういうと、安江は小さな笑みを浮かべて、そうしてくださいといった。

家に帰る安江を見送った清兵衛は、その足で伊勢屋に足を向けた。

新両替町一丁目にある紙問屋「伊勢屋」は、間口五間はあろうかという大店だった。こういう大きな店になると、下働きの女中は表には出ず店の奥で仕事をするのが世の習いだ。

清兵衛は裏の木戸口に行って、勝手ではたらいている年増の女中に声をかけ、お松を呼んでもらった。

待つほどもなくお松はやってきたが、清兵衛を見て恐る恐る近づいてくる。初老の武士が突然あらわれたのだから無理もない。

「あの、わたしに何かご用でございますか……」

歳は十八だと聞いていたが、あどけない顔をしている。清らかに澄んだ瞳に、小振りの鼻の下にちんまりした口。

清兵衛がよく立ち寄る甘味処「やなぎ」の娘おいととはまた違った愛らしさがあった。一目見ただけで純朴な娘だとわかった。

「わたしは桜木清兵衛と申す。妻からそなたの話を聞いてな」

とたん、お松の目が見開かれた。そしてすぐにお辞儀をして、

「安江様の旦那様でございましたか。いろいろとご心配いただいています」

と、丁寧に挨拶をした。

「何やら兄さんのことで悩んでいるそうだな」

「それは……」

お松は顔を曇らせてうつむく。

「何か力になれないものかと思っておるのだ。兄さんは伊兵衛というらしいが、会っているかね」

「ここしばらく沙汰がないので、元気にはしていると思います」

「じつはそなたから妻が聞いたという伊兵衛の店を探したのだが、なかったのだ」

えっ、とお松は目をしばたたいた。

「室町には伊兵衛のやっている乾物屋はなかった。もしや別の町ではないか?」

「いえ、そんなはずはありません。兄からそう聞いていますので……」

すると、伊兵衛はお松に嘘をついているのだろう。

「無心されているようだが、お松は雇われかそれとも奉公の身であるか?」

女中奉公と雇用の女中では待遇が違う。前者は行儀見習いのためにほぼ無給で奉公するが、雇用だと給金や小遣い、お仕着せなどが与えられる。

「住み込みですけれど雇われです」

するとと多少の給金をもらっているということだ。


「妻から話は聞いておるが、困ったことがあればいつでも相談に来なさい。妻もそなたのことを心配して何とかしてやりたといっておる」

「ありがとうございます」

「店から出ることはできるのかね?」

「この近所なら少しは出られますけれど、遠くだと旦那さんに断らなければなりません」

「わたしの家は本湊町だ。さほど遠いところではない」

清兵衛はそういって、自宅屋敷の詳しい場所を教えた。

「わたしは隠居の身で暇を持て余しているが、元は町奉行所の与力だった」

身許を明かしたほうがお松が安心すると考えたし、差し支えはないはずだ。

「そうだったのですか。恐れ入ります」

お松は意外そうな顔で驚き、さらに畏《かしこ》まったが、物怖じする素振りはなかった。

「ともあれ何事もないことを願うばかりだ。仕事中に邪魔をした」

清兵衛は「では」といって、そのまま背を向けた。

安江が心配する気持ちがやっとわかった。長い話はしなかったが、お松には穢《けが》れがない。純真無垢《むく》といってよいかもしれぬ。

そんな娘を悩ませる兄弟があってはならない。救いの手をのべることができるなら、やってもよいという気持ちになっていた。

もっとも、波風の立たないことを祈るばかりではあるが。

五

清兵衛と別れたお松は、しばらく心の臓がどきどきしていた。やさしく接してくれ、まるで身内のように心配してくれる桜木安江にありがたいという感謝の念があったが、今度は安江の夫があらわれ、力づけることをいってくれた。

それも元町奉行所の与力だと聞き、頼もしい人と知り合えたという興奮があった。だからといって、兄伊兵衛を心配する気持ちが消えたわけではない。

力づけてくれる人がいても、兄伊兵衛の問題は消えるわけではない。こまめに体を動かしながら仕事をする間も、お松はふとそんな伊兵衛のことを考えるのだった。

両親も姉も伊兵衛にはかまうなというけれど、妹の自分が見放してしまったら、ほんとうに伊兵衛は一人ぼっちになってしまう。そうなったら兄はどんな生き方をするのだろうかと将来のことさえ心配してしまう。

それに兄に頼られるのは困るけれど、心底いやではない。それは血の繋がっている兄妹だからかもしれないが、お松はどんなに情けない兄でも見捨てることはできない。

（兄さん、しっかりしてください）

心のなかで祈るように念じるのはいつものことである。

「お松ちゃん、来てるよ」

年増の女中のお峰《みね》がそういって、勝手口に顎をしゃくったのはその日の夕刻だった。お峰の顔を見ただけで、誰が来たのかお松にはすぐにわかった。

「いい加減相手しないほうがいいんじゃないの」

勝手口に向かうと、お峰がそんなことを低声でいった。みんな伊兵衛のことを煙たがっている。お松は伊兵衛のことを詳しく話してはいないが、みんなそれとなく察しているのだ。

勝手口の木戸を出ると、背中を向けていた伊兵衛が振り返り弱々しい笑みを浮かべた。

「どうしたの？」

　お松は恐る恐る声をかけた。

「まあ、あれだ。困っちまってな。おまえに何度も世話になるのは気が引けるんだが……」

　伊兵衛は短く口をつぐみ、つぎの言葉を躊躇った。屋根から滑り落ちてくる日の光が、片側の板壁にあたっていた。その板壁の向こうで、鶯が楽しげにさえずっている。

「また、お金……」

　お松が低声で訊ねると、伊兵衛は恥ずかしそうな顔をして盆の窪《くぼ》をかいた。

「追い出されちまったんだ」

「長屋を……」

「長屋じゃねえ。じつは頼みにしていた女がいたんだ。力になってくれるという年上の女だったんだけどな。面倒見切れないから出て行ってくれといわれちまって……」

　伊兵衛はへらっとか弱い笑みを浮かべた。

「ところが長屋に戻ると、金貸しの野郎が乗り込んできてさんざん脅しやがるんだ。いや、おれはどんなに脅されたって、痛い目にあったっていいんだが、おまえのことを嗅《か》ぎつけてやがった。いざとなったらお松を攫《さら》って金にするしかねえと……」

「まさか、そんな……」

「やつらは本気だ。そんな目をしていた。だから困っちまってな」

「いくら借りているの？」

「まあ、当面五両ばかし返せば少しは待ってやるといわれている」

お松はため息をつかずにはおれなかった。もうお金はない。これまでも店の主に頼み込んで前借りをしている。女中頭にも金を借りて、毎月少しずつ返済をしている。

だからお松はぎりぎりの生活をし、ほしいものも買わず、食べるものも店の賄《まかな》いですませている。

伊兵衛は五両というが、そんな大金は逆立ちしたって拵《こしら》えることはできない。

「兄さん、わたしには五両なんてお金都合できないわ」

勇気を振り絞ってはっきりいった。

「雇われ女中なんだもの。わかって……」

「こんなことを頼みに来るおれが、だらしないというのはよくわかっている。だけど逃げようがないんだ。おれだけだったらやつらの知らない在に雲隠れできるんだが、おまえのことを持ち出されてはどうしようもない」

「その人たち、どうやってわたしのことを……？」

「そりゃ蛇の道は蛇っていうやつだ。おれのことを根掘り葉掘り調べてやがるんだ。まさか、おまえのことを持ち出されるとは思わなかったが……」

伊兵衛は片手を板壁に押しあて、

「どうにもならねえだろうな」

と、舌打ちをしてかぶりを振った。その影が板壁に映り込んでいた。

「兄さん、その人たちどこの人なの？」

「万町《よろずちょう》にある金貸しの手先だ。見るからに荒っぽそうな掛け取りだ。腕をへし折るとか、足をへし折るとか脅されちまったが、挙げ句におまえのことを持ち出してきてな」

はあ、と伊兵衛は大きなため息を漏らした。心底困り果てたという様子である。

そんな兄の姿など見たくないが、お松はそれより他に何か手立てはないだろうかと考えている。

「おとっつぁんに相談してみたらどうかしら」

そりゃあだめだと、伊兵衛は首を振る。

「いまさら家には近寄れない。おとっつぁんにもおっかさんにも親子の縁は切ると、はっきりいわれてんだ。まあ商いがうまくいって、借りた元手の金ぐらい返しに行けば話はしてくれるだろうが……そんなこともできねえしな」

伊兵衛はまいったなあ、困ったなあとつぶやく。

「五両あれば、なんとかなるの？」

うつむいていた伊兵衛の顔がさっとあがった。

「できるか？　いや、おまえにこんなことを頼むのが間違いだ。やっぱりおれが何とかするしかねえな。ただ、おまえの身が心配なんだ。大事な妹だからな」

「そのお金いつまでに都合すればいいの？」

「お松、いいよ。おれが何とかする。そうするしかねえ。身から出た錆《さび》だ」

「できるの……？」

「何とかするさ。いやなこと聞かせちまったな。すまねえ」

伊兵衛は深く頭を下げた。

「兄さん、そんなことやめて」

「だっておれは迷惑ばかりかけてるじゃねえか。おまえには頭があがらねえし、足を向けて寝ることもできねえ。そう思っているんだ」

「お金はいかほど借りているの？」

「馬鹿高え利子をつけられて十五両になっている。借りたのは八両だってぇのに、いつの間にか倍近くだ。まあ、借りたおれが悪いんだけどな。お松、いやなこと聞かせちまってすまねえ。やつらにはおまえに指一本触れさせねえようにするからよ」

「……何とかできるの？」

「するしかねえからな。お松、また会いに来るよ」

伊兵衛はそういって背を向けた。

「待って。……兄さん、室町で乾物屋をやっているといったわね。でも、そんな店はなかったわ」

伊兵衛は目をまるくした。日が落ちて、その顔が黒くなっていた。

「ある人が探してくれたんだけど、なかったって……」

「そりゃおかしい。何かの間違いだ。おれはちゃんと室町二丁目で商いをやっていたんだ。もう店は畳んじまったが……」

「で、いまはどこに住んでるの？」

「前と同じさ」

お松はその家のことを知らなかった。教えてもらっていないといったほうが正しい。

「その場所教えてくれる。嘘はつかないでよ」

お松は伊兵衛をまっすぐ見た。

「瀬戸物町の裏店だ。近所で鼠店《ねずみだな》と呼ばれている湿っぽい長屋さ。とにかくおまえには迷惑がかからないようにするよ」

そのまま伊兵衛は背を向けた。日の落ちた裏通りはさらに暗くなっていて、うなだれて歩き去る伊兵衛の姿はいかにも淋しげであった。

「兄さん……」

六

「日に日に暖かくなってくるのはよいが、この頃はあの夏の暑さが体に応えるようになった。年中この季節だと過ごしよいのだがな」

清兵衛は晩酌をしながら勝手なことをつぶやく。

「そうはいきませんわよ。四季があるから風情《ふぜい》があるのではございませんか」

「ま、そうではあるが、夏の暑さ、冬の寒さは苦手だ。歳のせいかな……」

清兵衛は自嘲の笑みを浮かべる。

「寄る年波には勝てぬということでしょうか。でも、あなた様はまだお若いですわ。同じ歳のあの方何といったかしら、ほら、年番方にいらした……えーと……」

安江は思い出そうと視線を泳がせる。

「年番方の誰だ。わしと同じ歳だとすれば……吉田《よしだ》さんか」

「いいえ、ほら……色が黒くて顔の長い」

「それなら竹内《たけうち》だ。あれはわしより年下だ」

「あら、そうでございましたか。あの方はあなた様よりずっと老けて見えますわ。竹内様もそうだけど、大杉様もあなた様より老けておいでです」

「わしはあやつらより若く見えるか？」

「見えます」

清兵衛はにたりと笑った。若い頃は若く見られるのがいやだったが、この頃は若く見られると嬉しい。

「お世辞がうまくなったな」

「あら、本心ですわよ」

「そういう安江もうんと若く見える」

「まことでございますか？」

安江はぽっと頰を赤くして照れ笑いをする。

「まことだ。十歳は若く見える。勘の字もそういって感心しておる」

「大杉様がそんなことを……」

「勘の字だけではない。そなたのことを若いという者は、ひとり二人ではない。まことの話だ」

「あなた、もう一本つけますか？」

安江は台所に立とうとする。

「いや、これぐらいにしておこう。ちょうどよい寝酒になった」

清兵衛はそういって、いい風が入ってくる、と暗くなっている縁側の外を眺めた。そのとき、玄関に訪いの声があった。

「もし、こちらは桜木様のお宅でしょうか？」

聞き慣れない声なので、清兵衛は安江と顔を見合わせた。

誰かしらとつぶやいて、安江が玄関に向かった。

「はーい、いままいります」

清兵衛はぐい呑みに残っている酒をひと息にあけ、

「よい心持ちだ」

と、独り言をいった。そのとき安江が戻ってきた。

「お松さんですよ」

「お松って、伊勢屋の……」

「さようです。ちょっと座敷にあがってもらいます」

安江はそういってから、遠慮はいらないからあがって頂戴と、お松に声をかけた。

清兵衛は茶の間から客座敷に移ると、あがってきたばかりのお松がなにやら暗い顔で、

「夜分にお邪魔いたします」

と、丁寧に挨拶をした。

「何かあったのかね？」

清兵衛は腰を下ろし、まあ楽にしなさいといって、お松を近くに座らせた。

「わたし、悪いことをしそうになりました」

お松はいきなりそういって泣きそうな顔をした。安江も心配顔でそばに座る。

「悪いこと……」

お松はうなずいて、店の金に手をつけそうになったが、すんでのところで思いとどまったといった。

「なにゆえさようなことを……」

清兵衛は肩をすぼめ恐縮しているお松を眺める。

「今日兄さんが来たんです。それで、また相談を受けました」

お松はそういってから、夕刻にやってきた伊兵衛とのやり取りを話した。話を聞くうちに清兵衛は眉間にしわを寄せた。

「それじゃ借金の形《かた》にあなたを……」

驚いたようにいうのは安江である。

「兄さんは何とかするといいましたけど、きっと何もできないと思うんです。だから、わたしいろいろと考えた末に……お店の帳場に行って……」

「でも、金には手をつけなかったのだな」

清兵衛が聞けば、お松は「はい」とうなずいた。

「思いとどまってよかった。それにしても十五両……大金だな」

「兄さんは八両借りたらしいのですけど、利子がついて十五両になったと……。でも、五両を返せばしばらく待ってくれると言われているらしいのです」

「相手が高利貸なら無理もないが、それはいつ借りたのだね？」

お松はわからないと首を振る。

「お兄さんは年上の女の方の家にいたとおっしゃったわね。その方の家に逃げていたのかしら？」

安江だった。

「それはわかりません」

「それはともかく、その掛け取りたちがお松に手を出すようなことがあったら一大事だ」

清兵衛は腕を組む。

「わたし、兄さんが可哀想で何とかしてあげたくても、どうすることもできないので……」

お松は目の縁《ふち》を赤くしたと思ったら、ぽろっと涙をこぼした。

「気持ちはわかるが、店の金に手をつけてはならぬぞ」

清兵衛がいうと、お松はこくんとうなずく。

「どうしたらいいかわからなくなったので、うちに来たのね」

安江はそういって、手拭いをお松にわたした。

「こんなことお店の人には相談できないので、それで桜木様だったらと思い、ご迷惑だというのはわかっています。ほんとにどうしたらよいか……」

「まあまあお松、泣くことはない。わたしが一度伊兵衛に会って話を聞こう。そうでないと詳しいことがわからぬ」

「はい。ありがとうございます。前にも話しましたが、兄さんは親に勘当され、嫁に行っている姉さんにも見放されているので、頼れるのはわたしだけなんです。そのことがわかっているので、わたし放っておけないのです。桜木様……」

お松は尻をすって下がり、深々と頭を下げ、

「厚かましいのはわかっています。お力をお借りできませんか……」

といって、肩をふるわせて泣いた。

「よしよし、わしが何とかしてやる。よくぞ来てくれた」

清兵衛は憐憫《れんびん》を込めた目でお松を眺め、

「こんな遅くに店を出てきて大丈夫なのか？」

と、聞いた。

「こっそり抜け出してきたんです。見つかると叱られますけど、一人で考えてもいい知恵は出てこないので……申しわけありません」

「謝ることはない。しからば店まで送ってまいろう」

清兵衛はそういうと、安江に提灯《ちょうちん》の用意をさせた。

七

翌朝は薄曇りであった。

清兵衛は出かける前に安江に切り火を切ってもらい家を出た。

昨夜お松から、伊兵衛の長屋のことは聞いていたが、果たしてその長屋にいるかどうかは行ってみなければわからない。話を聞くかぎり、伊兵衛という長男はすこぶるだらしない。親に勘当され、上の妹にも見放されている。

おまけに転がり込んだ女の家からも追い出されている。不埒な男としかいいようがないが、お松のことを考えると放っては置けない。

曇り空ではあるが陽気はよい。青葉は瑞々《みずみず》しく爽やかな風に揺れている。それなのに清兵衛はまだ会ってもいない伊兵衛に腹を立てている。ふしだらな長男のために、一心に兄を思うお松の気持ちがわかっているからだ。

お松は盗みをはたらこうとしたのである。

伊兵衛の長屋は瀬戸物町だと聞いている。清兵衛は江戸橋をわたると魚河岸を横目に瀬戸物町に入った。鼠店と呼ばれる長屋があるかと町の者に聞けば、その場所はすぐにわかった。

町の西側にある福徳稲荷からすぐの路地を入った奥にその長屋はあった。湿っぽくて日当たりの悪い場所だ。

長屋の両側は別の長屋の板壁に囲まれており、どぶ板が何枚も外れていた。

（なるほど、鼠店とはいい得て妙だ）

と、内心で納得する。

どの家の腰高障子も継ぎをあてがってあった。家の前に腰掛けを出して座っている老人が煙草を喫んでいた。突然入ってきた清兵衛を見て、胡散《うさん》臭そうな目を向けてくる。奥の井戸端で、二人のおかみが盛んにしゃべりながら洗い物をしていた。

木戸口から入って三軒目の家が伊兵衛の家だった。

「伊兵衛だな」

戸が半分開いていたので、声をかけると、寝そべっていた男が驚いたように半身を起こし、さらに清兵衛を見て尻をすって下がり壁に背中をつけた。

「な、何だよ。今度はお侍の取り立てか。少しは待ってくれるって話だったじゃねえか」

何もいわないのに、伊兵衛はそんなことを口にする。

「掛け取りに来たのではない。おぬしに話があって来ただけだ」

清兵衛は敷居をまたいで三和土《たたき》に立った。

伊兵衛は面長の色白で鼻筋のとおった顔をしていた。

「話って何です……」

「お松という妹がいるな。そのお松からあれこれ相談を受けたのだ」

「なんだ矢吹屋《やぶきや》の掛け取りじゃないんですか……」

伊兵衛は安堵したように胸を撫で下ろす。

「矢吹屋という店から金を借りているのか。どこにある店だ？」

「なんで、そんなことをいわなきゃならないんです。それにお侍は、どちらの方で……お松を知っているようですが……」

「わたしは桜木清兵衛という。本湊町に住んでいる隠居侍だ」

「隠居侍……」

伊兵衛は目をしばたたく。

「さよう。その矢吹屋から八両借りて、いまは十五両になっているらしいな」

「あくどい金貸しです」

「そんな金貸しから借りるのが悪いのではないか。借りたものは返すのが道理だ。さりながらおまえはその金を返せない。返せないから妹に都合してもらおうと泣きついた。あげく妹のお松は店の金に手をつけようとした」

「へっ……」

伊兵衛は目をまるくした。

「すんでのところで思いとどまったようだが、もし店の金を盗めば盗人だ。危うく罪人になるところだった。それもこれも健気《けなげ》におまえを思ってのことだ」

「………」

「これまでもお松に迷惑をかけているようだな」

「それは……」

伊兵衛はもじもじと膝を動かす。

「乾物屋をやっていたと聞いたが、店はどうなった？」

「店は開きましたがさっぱり買い手がつかなくて、一月と持たなかったんです」

「どこでやっていた？」

「駿河町《するがちょう》の外れです。脇店でしたが……まあ、場所が悪かったんです」

室町二丁目の隣町だ。

「一月と持たなかったか。それで食うに食えずに借金をし、お松にも金を都合してもらっている」

「頼れるのはあいつしかいないんです。親には見放されちまっているし……どうしようもなくて。なんで、こんなことを話さなきゃならないんです」

伊兵衛は不平そうな顔を清兵衛に向けた。

「お松は一心におまえのことを心配している。さりとて力になれずに気を揉《も》んでいる。おまえがしっかりしておれば、可愛い妹を悩ませることはない」

「ま、そうですが……」

「どうする気だ？　金貸しに金を返せなければ、お松は借金の形にされると脅されているらしいが……」

「何とかしようと考えてんです」

「世間は仕事をはじめているのに、おまえは寝そべっているではないか」

「横になって考えていたんですよ。知恵を出さなきゃ世間をわたれませんから」

一丁前のことをいう伊兵衛には悪びれたところがない。

「ふむ」

清兵衛は部屋のなかを眺めた。畳は毛羽立っており、持ち物は少ない。片隅に柳行李《やなぎごうり》が一つ、布団がぞんざいにまるめられている。台所の調度も少ない。

「それで何かよい知恵は浮かんだか？」

「それは……」

「何もせずに寝ておれば、知恵など浮かばぬだろう。親に勘当されているらしいが、頭を下げて実家に戻ったらどうだ。おまえは長男らしいから、心を入れ替えてはたらくといえば、親も許してくれるのではないか」

「それができりゃとっくにそうしていますよ。だけど、うちのおとっつぁんはとんでもねえ頑固者で、こうといったら雷が落ちてもあとには引かねえんです」

「親には泣きつけないと……」

「からっきし無理です」

伊兵衛は顔の前で手を振る。

「されど、このままおまえが借金を返さなければ、お松が借金の形にされるのではないか」

「だから困ってんです」

伊兵衛はそういうが困った様子が感じられない。

「返すあてはあるのか……」

伊兵衛は黙り込んでうつむく。

「夜逃げでもしようと考えているのではなかろうな」

伊兵衛の顔がひょいとあがる。

「大家はそうしてくれたほうがよっぽどありがたいといいますが、行くあてがありませんで……」

すると家賃を溜め込んでいるのだろう。

「家賃はいかほど払っていない」

「まあ六月《むつき》か七月《ななつき》か……そのぐらいだと思います」

まったくいい加減な男だ。

「だけど桜木様、おれは何とかします。お松に泣きつかれたんでしょうが、あっしも男です。当面五両の金を返せばなんとなりますんで、心配はいりません。妹を借金の形に取られたら、あっしは死ぬしかありませんからね。命に代えても妹は守ります」

清兵衛はそういう伊兵衛をじっと見た。

「すると金の工面ができるということか」

「五両だったらなんとかなるはずです。わざわざご足労いただきましたが、ご心配には及びません」

「まことだろうな」

「へえ、大丈夫です」

伊兵衛は自信ありげにいうが、清兵衛は言葉どおりには受け取れない。だからといってしつこく詮索するのも憚《はばか》られる。

八

「けっ、お松も余計なことしやがって。あんな侍が来るなんて……」

清兵衛が帰って行くと、伊兵衛はぼやくように吐き捨てて仰向《あおむ》けに寝転がった。

表から子供を叱りつけるおかみの声が聞こえてきたと思ったら、別のおかみが鼠が出た、猫が買った干物を盗んでいったと騒ぎはじめた。

そんな声をよそに、伊兵衛は天井のしみを見つめる。

（たしかに何とかしなければならない）

心中でつぶやくが、金は一文もない。昨夜から何も食っていないので腹の虫が鳴いている。たしかに、桜木という侍にいわれたように、親父に泣きつくことは考えたが、到底無理だというのはわかっている。おふくろにと考えても、それは同じだ。

「くそっ、どうするか……」

独り言をつぶやいて半身を起こすと、やはりお豊しかいないと思った。そのまま長屋を出ると、お豊の家に向かった。愛想尽かしをされたが、男好きなお豊だ。それにいつまでも強情を張る女ではない。

薄曇りの空を歩きながら、伊兵衛はどうやってお豊を口説き落とそうかと考える。昼間から乳繰《ちちく》り合ってもいい。そうすればまた元の鞘に納まるだろう。

荒布橋《あらめばし》、思案橋とわたり、小網町に入る。お豊の家は、思案橋南詰からすぐの横町をはいったところにある。そのあたりは板屋貝や帆立貝の殻に竹や木の柄《え》をつけた杓子《しゃくし》を売る店が多いので貝杓子店《かいじゃくしだな》と呼ばれている。

横町から少し入ったところがお豊の長屋だ。日当たりのよい二階建てで、亭主連中が出かけたあとなので、長屋は静かだった。

「お豊、お豊さん、邪魔をするよ」

にやけた顔をして半分開いている戸を引き開けて、三和土に入った。奥の部屋で繕《つくろ》い物をしていたお豊が顔を向けてきた。別段嬉しそうな顔はしない。

「この前は悪かった。いや、おれもあれこれ考えてな。ちょいといいかい」

伊兵衛は返事も聞かず、図々しくあがり込む。

「何を考えたっていうのさ」

「そんな冷たいことというなよ。いまにいい思いをさせてやるからさ」

伊兵衛はお豊のそばに行くと、そっと肩に腕をまわした。

「どんないい思いさ。あんたが口ばっかりだというのはわかってんだからね」

「うまくいかねえときもあるさ。だけどよ、おりゃあ真面目にはたらくよ。はたらいておめえさんといっしょになりたいんだ」

「ふん、口では何とでもいえるさ」

「いやいやほんとうさ。そんな冷たくしないでくれよ」

伊兵衛はお豊の肩にまわした腕に力を入れて抱き寄せ、うなじに口を寄せた。

「仲良くしようじゃないか。おまえのことは大事にする。おまえがいないと、おれはだめなんだ。なあ、お豊……」

伊兵衛は甘い声でいい寄って、お豊の耳たぶに口をつけた。

「ああ、やめておくれ」

お豊は伊兵衛を邪険に振り払った。あまりの勢いだったので、伊兵衛は尻餅をついた。

「もうあんたとは縁を切ったんだ。出てっておくれ。出て行かなきゃ大声出すよ」

お豊は目を吊りあげてにらんでくる。

「なんだよ。縒《よ》りを戻したいから来たんじゃねえか」

「縒りなんか戻りゃしないさ。あんたのようにだらしない男といると、わたしもだらしなくなりそうでいやになるんだよ。すっかり愛想が尽きちまったんだ」

「よくそんなことを……」

伊兵衛はお豊の剣幕に気圧《けお》されていた。

「そんなことも、こんなこともありゃしないよ。二度とここに来ないでおくれ。

しみったれた面は見たくないんだ」

ぷいとお豊は横を向き、出て行けと言葉を足した。伊兵衛はそんなお豊をにらむように見て、首を絞めて殺してやろうかという衝動に駆られた。だが、それは一瞬のことで、すっくと立ちあがると、さっと乱れた襟を正し、

「何をいいやがる。色狂いの年増のくせにいい気になってんじゃねえよ」

と、悪態をついた。

「出て行けッていってんだよ！」

お豊は口裂け女のように喚《わめ》くと、繕っていた前垂れをまるめて投げつけてきた。出て行けと喚きながら、鋏《はさみ》も針立ても投げてくる。

その騒ぎに驚いた近所の者が戸口から顔をのぞかせてくる。伊兵衛は言葉を返そうとしたが、近所の者たちの手前、何もいわずに堪忍するしかない。

「なんでもねえさ。年増が癇癪《かんしゃく》を起こしただけだ」

それがせめてもの反撃だった。伊兵衛は逃げるようにお豊の長屋を出た。

しかし、少し歩いたところで大きなため息をついた。唯一頼れると思っていたお豊にすっかり見放されてしまった。

（どうすりゃいいんだ）

胸中でつぶやき、思案橋の欄干に手をついて堀川に視線を落とした。情けない男の顔が、曇った空といっしょに水面《みなも》で揺れていた。

金はない。腹は減っている。金を作る手立てもない。ないない尽くしである。魚屋の棒手振《ぼてふ》りと擦れちがうと、あいつの弟子になろうかと思ったりもする。花売りの姿を見れば、日にいくらの稼ぎがあるのだろうかと考えもする。

結局行くところがないので、自分の長屋に戻ったが、家の前に三人の男が立っていた。矢吹屋の掛け取りである。

伊兵衛ははっと顔をこわばらせるなり、そのままきびすを返したが、

「おい伊兵衛、待ちやがれ」

と、男の声が追いかけてきた。

走って逃げようかと思ったが、すぐに男たちに追いつかれた。

「伊兵衛、約束は今日だぜ。金はできたんだろうな」

肩を揺すって襟をつかむのは初蔵《はつぞう》という小太りだ。逃げられないように二人の男がそばに立って剣呑《けんのん》な目を向けてくる。

一人は三五郎《みつごろう》という、凶悪そうに頬のこけた男。もう一人は浪人崩れで、体の大きな定九郎《さだくろう》という下駄面だった。三人とも目つきが悪い。

「いいえ、これから用立てに行くところです」

「おい、ほんとうにできるんだろうな。さしあたり五両用意するといったのはてめえだぜ」

初蔵は顔を近づけて威嚇《いかく》するようににらんでくる。つかんでいる伊兵衛の襟を捻りあげる。

「わ、わかっています。放してください。痛ェじゃねえですか」

「今日は約束の五両ができなかったら、痛ェだけじゃすまねえからな。てめえの腕と足を一本一本もいで、妹のお松を形に取る。おれたちゃ本気だ。甘く考えるんじゃねえぜ」

「へ、へえ、わかっています」

「暮れ六つまで待ってやるから、それまでに金を作ってくるんだ」

「は、はい」

初蔵は伊兵衛をどんと突き放し、「待ってるからよ」と、捨て科白《ぜりふ》を吐き去って行った。

九

「お松ちゃん、また来てるよ」

それは昼過ぎのことだった。お松が奉公人たちの昼餉の片づけをしていると、女中頭のお絹《きぬ》が声をかけてきて、裏の勝手口のほうを顎でしゃくった。

「あんた、兄さんに困っているんだろ。いい加減にしてもらったらどうだい。こんなこといっちゃ悪いけど、あの兄さんはろくでもないよ」

「………」

お松は唇を引き結んでうなずく。

「頼まれごとをされても断りなよ。それがあの兄さんのためでもあるし、あんたのためだよ」

「ありがとうございます。わかっています」

お絹はあきれたように首を振った。

お松はぺこりと頭を下げると、下げてきた茶碗や丼を流しに置き、そのまま勝手口を出た。一度大きく息を吸って吐き、裏木戸を開けた。

三間（約五メートル）ほど先に伊兵衛が背中を向けて立っていた。

「兄さん、どうしたの……」

声をかけると伊兵衛がゆっくり振り返った。情けない顔で、無精《ぶしょう》ひげの生えた顎をさすって、何かをいい澱《よど》む。

「お金、できないのね。そうでしょう……」

「じつはそうなんだ。さっきも掛け取りが来やがって、今日の六つまでに五両の金を拵えて持ってこいといわれた。おれは都合できると思っていたんだが、頼みにしていたやつに会えなくてな」

「………」

お松は胸のうちで「五両」とつぶやく。

そんな金はできない。帳場にある金箱が頭の隅に浮かぶ。しかし、いまは昼間で、帳場には番頭が座っているし、他にも手代や奉公人、そして客の出入りがある。

「お松、店の旦那かおかみさんに前借りしてくれねえかな」

「五両なんて無理よ」

お松ははっきりいったが、その声は弱々しかった。

「そこを何とか頼んで聞いてもらえないか」

伊兵衛は拝むように両手を合わせる。

「今日のうちに五両を持って行かないと、ひどい目にあうんだ。おれの腕と足を一本一本もいで、おまえを借金の形に取るといわれてんだ。あいつらは本気だ。頼む、もうおまえだけしか頼る者がいねえんだ。何とか話をしてくれねえか。これ、このとおりだ。これで最後にする。借りた金は一月後に返す」

伊兵衛は両手を合わせて頭を下げる。

「兄さん、やめて」

お松は悲しくなった。九つも離れた長男に頭なんか下げてほしくない。

「おれは商売には向いてねえというのがわかった。だから職人になる。おとっつぁんは腕のいい大工だ。その血を引いてるおれは、やっぱ職人しかねえというのがわかった。明日からきっちりはたらきに出て金は返す」

お松はじっと伊兵衛を見る。信じることはできない。これまでも何度も嘘をつかれた。それでも兄伊兵衛を突き放すことができない自分がもどかしいし、伊兵衛を可哀想だと思う。何とかしてあげたいという気持ちはあるが、もう無理だ。店の主にもおかみにもそして女中仲間にも金を借りている。すべて伊兵衛のためだった。

「嘘じゃねえ。もう話を決めてきたんだ」

「どこで何をするの？」

「……その、あれだ。本石町《ほんごくちょう》に七兵衛《しちべえ》さんていう大工の棟梁がいる。そこで雇ってもらうことになった。最初は日に六百文だが、様子を見て給金をあげてやるといわれた」

伊兵衛は短く目を泳がせてからいった。口から出まかせだとお松にはわかる。伊兵衛は平気で嘘をつく。

お松は足許に視線を落とした。嘘をいわれても何とかしてやらなければならない。自分が借金の形に取られたら、その先どうなるのか不安でもある。

「なあ、お松。おれにはおめえしか頼める者がいないんだ」

伊兵衛は近寄ってきてお松の肩に両手を添えた。頼まれてくれと頭を下げる。

「話だけしてみる。でも、あてにしないで……」

「ああ、話をしてくれ。とにかく、どうにもならねえんだ」

伊兵衛は切羽詰まった顔を向けてくる。半分芝居かもしれないと思いつつも、お松は伊兵衛をつれなくあしらうことができない。

「七兵衛さんという棟梁に前借りはできないの？」

「仕事はじめる前からそんな頼み事はできねえよ。おれの信用に関わることだ」

たしかにそうかもしれない。でも、それも都合のいい言いわけだと、お松は思う。

「七つ半（午後五時）頃、また来るからそれまでに何とかしてくれねえか」

お松は口を引き結んで、頼りない顔をしている兄を見つめた。

「話をしてみるわ。でも、ほんとうに聞いてもらえるかわからないのよ」

「それはそのときであきらめるしかねえ。おれもそれまで何とかするから。頼む。それじゃまたあとでな」

伊兵衛はそのまま歩き去った。お松はしばらく伊兵衛の背中を見つめてから店のなかに戻った。

「何だったの？」

お絹が洗い物をしながら聞いてくる。

「仕事が決まったから安心してくれって……」

お松は罪にならない嘘をいいながら、洗い物の手伝いをした。

「そりゃよかったわね。あんたの兄さんもやっと改心したんだね」

ええ、とお松は答えながらも、伊兵衛からいわれたことを頭のなかで反芻《はんすう》した。

五両を拵えなければ、兄は腕と足をもがれ、わたしは借金の形に取られる。

考えただけでぞっとし、泣きたくなった。唇を噛んで茶碗を洗いながら、どうしたらよいかと考える。

店の旦那様とおかみさんには相談できない。番頭さんにもできない。そして、いっしょにはたらいている女中仲間にも。

（五両……）

頭のなかを五両という大金がぐるぐると渦を巻くようにまわった。

洗い物を終えると、奥の座敷に行って本を読んでいるおかみさんを眺め、帳場の裏にまわって番頭と主の喜右衛門《きえもん》の話し声を聞いた。得意先のことや掛け取りの話をしていた。

とても、話しに割り込んで金の相談なんかできない。

お松は台所に戻ると、お絹に声をかけた。

「すみません。ちょっと外に出てきます。掃除のすんでいないところがあったのを思いだしたんです」

と、体《てい》のいい嘘をいって店を出た。

十

「あらま、どうなさったのです？」

散歩に出かけた清兵衛がすぐに戻ってきたので、安江が意外な顔をした。

「ほれ、これだ」

清兵衛は手に提げている筍《たけのこ》を掲げて見せた。

「船松町の八百屋の前を通ったら、店の親爺が安くしておくから持って行けというのだ。ならば一本と思ったら、二本おまけしてくれた」

「食べきれませんわよ」

「二本は真之介《しんのすけ》に持って行ってやろう。あそこには大食いの中間と小者がいるから喜ぶだろう」

「それでは今夜は筍ご飯でも作りましょうか」

「いいねえ。そうしてくれ」

玄関先でそんなやり取りをしていると、背後からぱたぱたと草履の音がして近づいてきた。

清兵衛が振り返ると、前垂れを腰に巻いたまま顔に汗を張りつかせているお松だった。急いで駆けて来たらしく息をはずませている。

「これはお松、いかがした？」

「はい、ご相談があります」

「相談。また伊兵衛のことか。朝方会ってきたが、ちゃんと金の工面をするから心配には及ばないといわれたが……」

「それが無理なのです」

「無理……」

清兵衛が眉宇をひそめると、安江が家に入ってもらったらと言葉を添えた。

「いえ、すぐ店に戻らなければいけないんです。じつは、兄がまたやって来て、今日のうちに返さなければならない五両を何とかしてくれと頼まれたのです。でも、わたしはうちの旦那様やおかみさんに前借りをしていますし、女中さんたちにもお金を借りているのでどうにもならないのです」

清兵衛は安江と顔を見合わせた。

「どうしたらいいかわからなくなって……ご迷惑な話ですけれど、もうわたし……」

お松は言葉を詰まらせ涙ぐんだ。

「今日のうちに五両を返さなければならないのね」

安江だった。お松はうんとうなずく。

「それはお兄さんが借りたお金でしょう。お松さんが立て替える必要はないでしょう」

「でも、今日中に五両を持って行かないと、兄さんは腕と足をもがれ、わたしは借金の形に取られると……そんなことを……」

「それでお兄さんは何といっているの？」

「店の旦那様とおかみさんに相談して借りてくれと。でも、もうそれはできないのです。わたしはすでに借りていますし、旦那様にもおかみさんにも前借りはこれかぎりだといわれています。わたしは何もできないのです。でも、お金を返さないと……そのことを思うと怖くなって……こんなときどうしたらよいのでしょう……」

お松はすがるような目を清兵衛と安江に向ける。

「お松、そなたが金を借りてやることはない。伊兵衛が自分でまいた種だ。伊兵衛にまかせておけばよい」

「伊兵衛は自分では都合できないのか？」

「もう頼る人がいないといいました。本石町の七兵衛という大工の棟梁に雇ってもらい、明日からはたらくといっていますけれど、多分それは嘘だと思うんです」

「嘘……」

安江が目をまるくする。

「兄さんは平気で嘘をつくんです」

「お松さん、そんな兄さんのことは放っておきなさい。一度痛い目にあわないと、一生そんな生き方をすることになるわよ。あなたが兄思いだというのはわかるけど、打っちゃっておきなさい。それがあなたのためでもあるし、お兄さんのためだわ」

清兵衛もそうだと思う。

「掛け取りはわたしを借金の形に取ると脅しているんです」

「お松、そなたの父親は大工の棟梁だったな」

「はい」

「父親に相談はできないのか？」

「兄は勘当されています。わたしが相談しても、兄のためだとわかれば、何もしてくれないと思います。申しわけございません。こんな迷惑な話を持ち込んでしまって……」

お松は泣きそうな顔で頭を下げる。

清兵衛はふうと息を吐き、そして表に目をやり、再びお松に顔を向けた。

「仕事の途中で抜け出してきたのだな」

「はい」

「伊兵衛はどこにいる？」

「お金の工面に走っていなければ、長屋にいると思います」

「よし、わたしがもう一度伊兵衛と話をする。そなたは店に戻っていなさい。話がすんだら伊勢屋を訪ねる」

「すみません。ご迷惑な話を持ち込んでしまって……」

「いいから早く帰りなさい。叱られるのではないか」

お松は二度三度と頭を下げて、急いで戻っていった。

「あなた様、五両をうちで立て替えましょうか」

さっき打っちゃっておけといったばかりの安江は、人の好いことをいう。

「ならぬ。とにかくわしが伊兵衛と話をしてくる」

清兵衛はそのまま家を出た。

十一

清兵衛は伊兵衛の長屋の戸口前に立った。戸は半分開け放してあり、伊兵衛は仰向けに寝て軽い鼾《いびき》をかいていた。妹のお松に無理な相談をして、これで金を借りることができると高をくくっているとしか思えない。

「伊兵衛……」

清兵衛が低声で声をかけても伊兵衛は起きない。めったに腹を立てることのない清兵衛だが、今度ばかりは無性に腹立たしい。

「伊兵衛、起きろ！」

声を張ると、伊兵衛がカッと目をあけ、それから清兵衛を見て飛び起きた。

「な、なんです」

「なんですではない」

清兵衛はずかりと三和土に入り、後ろ手で戸を閉めた。

「きさま何様のつもりだ。借りた金を返せないからといって、妹のお松に肩代わりさせるとは不届き千万。男の風上にも置けぬとはきさまがことだ」

「ちょ、ちょっとどうしたんです？」

「どうしたもこうしたもない。おのれの胸に手をあてて考えてみればわかることではないか。借金の取り立てにあい、返済の金がないからといってお松に無理な相談をしたな。お松はわしに泣きついてきた」

「え、なんで、桜木様にあいつが……」

「よいからそこに直れ」

いわれた伊兵衛は神妙な顔で正座をした。清兵衛は一発殴ってやりたかった。だが、その衝動を抑え、居間に上がり込んで伊兵衛の前に腰を下ろした。そのまま強くにらみつける。

かつて〝風烈の桜木〟といわれた男の眼光は鋭い。

伊兵衛は正視に耐えかね、うなだれた。

「箸にも棒にもかからぬ男だな。なにゆえそんなにだらしない。説教などしたくないが、きさまはおのれが何をやっているか、何をすべきかそのことを真剣に考えたことがあるか。おそらく深く考えたことはなかろう。そのために、可愛い妹は悩み苦しんでおるのだ」

伊兵衛は恐る恐る顔をあげる。まばたきもせずに清兵衛を見る。

「もうお松は店の主にもおかみにも、女中仲間にも相談はできぬ。つまり、きさまのために金を借りることはできぬ」

「えっ……」

伊兵衛は目をまるくする。

「掛け取りはきさまが借金を返せなければ、お松を形に取るといっているそうだが、そうはさせぬ。お松はこのわしが守る」

「……………」

「きさまは掛け取りに勝手に腕と足をもがれればよいのだ」

「そ、そんな……あっしは……」

伊兵衛は顔をこわばらせた。

「きさまは親にも勘当され、すぐ下の妹にも見放されているらしいな。仕事がうまくいかないからと、他人に頼ってばかりだ。唯一の頼りがお松だろうが、下働きの女中だ。給金も高が知れている。なのに、きさまはそんなお松をあてにしている。おのれを恥ずかしいと思わぬのか」

「いえ、それはもちろん……わかっています」

「お松に借金の相談をして、きさまは昼寝か。このたわけッ」

清兵衛はぱしりと伊兵衛の頭をたたいた。

「返済の刻限は六つらしいな」

「へえ」

「それまでに金の都合はつくのか？　つくから居眠りをしていたのか？」

「いえ、それは……」

「なんだ？」

「お松が何とかしてくれると思って……」

ぱしっ。もう一度清兵衛は伊兵衛の頭を引っぱたいた。

「馬鹿者ッ。お松は金の工面などできぬ。さあ、どうする」

「ど、どうするといわれても、あっしは……」

伊兵衛は膝をもじもじと動かし、困ったな、といって深いため息をつく。

「こうなったら正直に矢吹屋という高利貸に返済の期日を待ってもらうしかなかろう。きさまは七兵衛という大工のもとではたらくらしいではないか。地道にはたらいて少しずつ返していく。それしかなかろう」

「いや、それは……」

清兵衛は冷めた目で伊兵衛を眺める。救いようのない男だが、お松のことを思うと何とかしてやらなければならない。

「棟梁の七兵衛に雇ってもらうというのは嘘か……」

伊兵衛はこくんとうなずいてうなだれる。清兵衛はあきれ果てるしかない。

「きさまはろくでなしではあるが、他人様を傷つけたり、あくどいことをやる男でもなさそうだ。その気になればまっとうな生き方ができるだろう」

「………」

「これから矢吹屋に行って話をしよう。借りた金は返すが、日限りをもう少し延ばしてくれと……」

「日限りを延ばせば、借金は増えるばかりです」

「しかたなかろう。きさまが借りたのだ。汗水流してはたらき返すのだ。それが道理だ」

「ま、そうですけど……」

伊兵衛はそういって、それにしてもまいったなあ、と独り言のようにつぶやく。

「金はいつ借りたのだ？」

清兵衛は話柄《わへい》を変えた。

「三月ほど前です。元は八両だったんですが、いまは十五両になっておりまして……」

「証文はあるんだな」

「へえ……」

「見せろ」

清兵衛は借用証文を見せてもらった。八両の借り受けに対し、月四分（一両）の利子がついている。質屋の利子は、年一割五分が相場だからべらぼうに高い利子である。

借用書には十五両を借りたことになっている。計算が合わないのは、手数料の筆墨料や礼金が含まれるからだ。

十五両は大金である。清兵衛が立て替えることもできなければその気もない。

「では、待つか……」

「へっ、誰をです？」

清兵衛は冷ややかに伊兵衛を眺め、

「掛け取りを待つんだ」

そういって立ちあがった。

「どこへ行くんです？」

伊兵衛が心許ない顔を向けてきた。

「すぐに戻る」

十二

鼠店と呼ばれる伊兵衛の家の腰高障子にもわずかな光があたった。継ぎ接《は》ぎだらけの破れ障子の隙間をすり抜けた光の筋が土間に細く伸びた。

井戸端からおかみ連中のおしゃべりが聞こえ、早仕舞いをしたらしい職人の亭主が戻ってきた。子供の騒ぐ声と赤子の泣く声。何とも賑やかだ。

刻々と時は進み、もう日の暮れになっている。それに合わせたように伊兵衛はそわそわと落ち着きをなくしていた。

清兵衛は板壁に凭《もた》れ、薄く目を閉じていた。

「桜木様、ここでじっとしてちゃ何もできません」

伊兵衛が這うようにして清兵衛に近づいた。

「じっとしてなくても何もできぬだろう」

「ですが……あっしはこのままだと、あの掛け取り連中に……桜木様、そのときはお助けくださいますね」

「いや、わしにはその気はない」

「へっ」

伊兵衛は身を引き、目をみはって驚く。

「それじゃ、何でここにいるんです？」

「待ってるんだ」

「待ってるって、あっしが金を返しに行かなきゃ、じきにあの三人がやってくるんです」

「そのときはそのときだ」

清兵衛はのんびりしたことをいって、戸口の表に目を向けた。日はだいぶ傾いている。おそらく七つ半近いだろう。

「さあ、そろそろ来てもおかしくはないはずだがな……」

清兵衛はそういって両腕をあげて、大きな欠伸《あくび》をした。

「桜木様、あっしがどうなってもいいんですか。あいつらはただもんじゃありませんよ。定九郎という掛け取りは、浪人崩れらしく腰に刀を差してんです。バッサリやられたら……」

伊兵衛はそういってぶるぶるっと体をふるわせる。

「お松が金を借りているかもしれません。あっしは伊勢屋に行ってみます」

「ならん」

清兵衛は立ちあがろうとした伊兵衛の片手をつかんだ。

「そこに座っていろ」

「でも……」

伊兵衛が弱り果てた顔で尻を下ろしたとき、戸口に黒い人影が立った。あっ、と伊兵衛の口が開く。

あらわれたのは腹掛け半纏《はんてん》姿の色の黒い男だった。大きな目で伊兵衛をにらむと、清兵衛に顔を向けた。

「桜木様でいらっしゃいますか」

そういって小腰を折った。

「さようだ。おぬしの倅《せがれ》を見守っていたところだ」

「おとっつぁん、なんでここに……」

あらわれたのは吉蔵《きちぞう》という伊兵衛の父親だった。

敷居をまたいで入ってくると、家のなかを一眺めして、こんなところに住んでやがったのかと、つぶやいた。

「それで高利貸に借金をして何をしてやがんだ。乾物屋をやっていると耳にしちゃいたが、店はどうした？」

「もうとっくにねえよ」

吉蔵はぎらぎらと光らせた目で伊兵衛をにらむと、拳骨《げんこつ》で伊兵衛の頭を打った。

「痛ぇ……くーっ……」

伊兵衛は頭をさすりながらうずくまった。

「吉蔵、わたしの話を聞いてくれ。言付けには詳しく書いておらぬが、お松という娘はなかなか立派な女だ。ふしだらな兄のために下げなくていい頭を下げ、伊勢屋の主夫婦や女中仲間に金を借りている。何もかも兄伊兵衛のためだ。その健気な妹がいるおかげで、伊兵衛は何とか食いつないでこられた」

吉蔵は清兵衛の話を聞きながら、土間に立ったまま伊兵衛をにらみつける。

「そのお松と知り合わなければ、わたしは伊兵衛にかかずらうことはなかった。お松はまことにいじらしい娘だ。さればこそ伊兵衛を放っておくわけにいかなくなった。聞けば、伊兵衛を勘当しているそうだな」

「へえ、こんなろくでなしとは縁を切るしかありませんで……」

「そうはいってもそなたの子であろう。もう一度面倒を見て鍛え直したらどうだ。伊兵衛はだらしない怠《なま》け者かもしれぬが、他人様のものを盗んだり、他人を傷つけるようなことはしておらぬ。それが救いだ。いまならまだ間に合う。ここは親としてしっかり首に縄つけて性根を変えさせてやるしかない。わたしはさように思うのだ」

「桜木様、おっしゃることはわかりますが……」

「お松のことがある。あの娘は盗みをはたらこうとしたのだ」

「えッ、お松が……」

吉蔵は太い眉を動かして驚いた。

「手はつけておらぬが、それもこれも伊兵衛のためだった。兄を思うお松は、伊兵衛を見放すことも突き放すこともできない。身内から見放された兄を自分が見捨てれば、伊兵衛は身寄りをなくしてしまう。だから必死に伊兵衛を庇《かば》い、味方になろうとしているが、もうどうにもできなくなった」

清兵衛はそこで膝を吉蔵に向けて威儀を正し、そして両手をついて頭を下げた。

「わたしからも頼む。伊兵衛を一人前の男にするために、勘当を解き、引き取ってくれぬか。それがこの男のためでもあるし、お松のためでもある。わたしはさように思う。吉蔵殿、お願いいたす」

「ちょ、ちょっとお待ちを」

二本差しの武士が頭を下げたので、吉蔵は大いに慌てた。伊兵衛も呆気《あっけ》に取られた顔で、清兵衛を見ていた。

「その前にこの野郎、借金があると、桜木様の言付けにありましたが……」

清兵衛は近所の者を使いに立て、吉蔵に書付を持たせていた。

「三月ほど前に八両を借り、いまは利子がついて十五両になっておる。さしあたって今日の六つまでに五両を払うことになっている。相手は質《たち》の悪い高利貸だ」

「どうしようもねえことしやがって。八両を借りてどうするつもりだったんだ」

吉蔵は伊兵衛をにらんだ。

「仕入れの金と生計《たつき》のためでした。ですが、うまくいかなくて……」

伊兵衛は情けない顔でうなだれる。

「十五両はともあれ、少なくとも元金の八両を返さなければなるまい。まあ、それには色をつけるべきであろうが……。吉蔵殿、立て替えできぬか」

清兵衛は吉蔵を見つめる。

吉蔵は胴巻を片手でさすって、うなるようなため息を漏らした。

「何とかするしかありますまい」

「ならば、これから矢吹屋に行って話をしよう。話はわたしがまとめる」

十三

矢吹屋は日本橋万町のなかほどにあった。脇道に入った間口一間の小さな店だった。掛け看板に「矢吹屋」とだけ書かれていた。それでは何の店かわからないが、即座に金を貸す店のことは口伝《くちづ》てに広まるのが世間である。

「まあ、わたしが話をしてこよう」

清兵衛は店の前で吉蔵と伊兵衛を振り返った。

「いえ、それじゃ申しわけが立ちません。あっしもいっしょに……」

吉蔵はそういうと、伊兵衛を見て、

「おめえの尻拭いに行ってくる。逃げるんじゃねえぞ。わかってんな」

と、いいつけた。

「は、はい」

神妙な顔でうなずく伊兵衛を残して、清兵衛と吉蔵は店に入った。帳場に座っていた初老の男が、二人を品定めするように見て、

「ご入り用ですか？」

と、問うてきた。

「主はおるか？」

清兵衛が問うと、

「わたしが当主の甚造《じんぞう》ですが……」

と、訝しそうな顔をする。帳場の背後に長暖簾が掛かっており、その奥に三人の男がいるのがわかった。

「ならば話は早い。瀬戸物町に住む伊兵衛という男がこの店から十五両を借りている。今日は五両を返す約束になっている」

「へえ……たしかにその約束です」

甚造は手許の帳面を繰《く》って答えた。

「矢吹屋、そこで相談だが、十五両を九両に負けてくれぬか。三月で十五両は吹っかけすぎだ。この店がどんな商売をやっているか承知しての頼みだ」

「お侍様、いきなりなんだと思えばずいぶんなことをおっしゃいますね。頭を下げて金を借りた当人が来ないで、代人が見えて無理なことを……」

「できぬか？」

「証文もあるんです。そこはまかりませんよ」

甚造はぶ厚い唇の端に、人を食った笑みを浮かべる。

「伊兵衛は手足をもぐと脅され、あげく妹を形に取るといわれている。それは恐喝だ」

「恐喝とは言葉が悪うございます。返済の滞《とどこお》る人には多少のことはいってしまいます。まあ、言葉の綾《あや》ですよ」

「矢吹屋、強情を張ればこの店を詮議することになる。それでもよいか」

どうせたたけば埃《ほこり》の立つ店である。清兵衛は権高にいった。

「こりゃ驚きだ。金を借りて、その代人としてお武家が来てわたしを脅すんですか」

「脅してはおらぬ。高すぎる利息を負けてくれと、さように談判しているだけだ」

「いったいお武家様は何なんです？」

「北町奉行所にいた桜木清兵衛と申す。〝風烈の桜木〟といえば、ちったぁ知られた与力だ」

帳場奥にいる男がぷっと茶を噴いたと思ったら、そっと暖簾がめくられ、ぎょっとした顔を向けてきた。清兵衛には見覚えはないが、どうやら向こうは知っているようだ。

それに気づいた甚造が、知り合いかと後ろを見て聞いた。こそこそと短いやり取りがあって、甚造は顔を向け直してきた。顔がこわばっている。

「矢吹屋、詮議するとなればいろいろと面倒なことになるぞ。それでもかまわないと申すなら受けて立つ」

「ちょ、ちょっとお待ちを……」

「わしの一言でこの店に調べが入る。お上《かみ》に目をつけられれば、商売はしにくくなるはずだ。いや、それだけではすまぬかもしれぬ」

清兵衛は甚造を遮ってたたみかけた。甚造はあきらかに余裕を失っていた。

「わかりました。承知いたしました。ここは何分にも穏やかに……」

甚造は頭を下げる。

「九両で手を打ってくれるな」

「は、はい。畏まりまして……」

清兵衛は吉蔵を見て、目顔で払ってくれといった。吉蔵は胴巻から財布を出すと、九両を差し出した。甚造がたしかにといって受け取る。

「矢吹屋、受け取りも書いてくれぬか」

清兵衛の求めに、甚造は苦虫を嚙みつぶしたような顔で、受け取りを書いた。

店の表に出ると、吉蔵が深く腰を折って礼をいい、

「御番所の与力様だとは知りませんで……まさかそんな方に世話を焼かせてしまい」

申しわけありませんと、何度も頭を下げた。

「気にすることはない。これでまるく収まれば何よりだ。それより、伊兵衛」

清兵衛は伊兵衛を見た。

「親に面倒をかけてはならぬぞ。一心におまえを心配するお松にも迷惑をかけてはならぬ。おまえは性根の腐った男ではないはずだ。必死に生きろ」

「は、はい。ありがとうございます。お世話をおかけいたしました」

伊兵衛は頭を下げながら片腕で目をしごいた。その涙は嘘ではなさそうだった。

「吉蔵、世話の焼ける倅だろうが、しっかり面倒を見ることだ」

「それはもう。いまは何もできませんが、とにかくお礼申しあげます。これ」

吉蔵は伊兵衛の頭を引っぱたいていっしょに頭を下げさせた。

「礼など気にすることはない。さて、わたしはのんびり帰ろう」

清兵衛は二人に背を向けると、日の暮れかかった西の空を見て家路を辿った。

十四

本湊町の自宅屋敷に来たときには、灰赤く染まった西の空が翳《かげ》り、あたりには夕靄《ゆうもや》が漂っていた。

「ただいま帰った」

清兵衛が玄関に入ると、安江が奥から飛ぶようにやってきた。

「どうなりました？」

安江は開口一番に聞いた。

「まあ、どうにかまるく収めてきた」

清兵衛は大小を抜くと座敷にあがってどっかり胡座《あぐら》をかいた。

「面倒ではあったが、伊兵衛の親を呼びつけてな。それで矢吹屋という高利貸へ行って話をまとめてきた。十五両の借金だったが、何とか九両に負けてもらった」

「まあそれはようございました。するとお松さんは安泰ということですね」

「そうなるが、どういう首尾になったか教えに行かねばならん。その前に水をくれるか。喉が渇いた」

安江は返事をしてすぐに水を持ってきた。

「親を呼びつけたとおっしゃいましたが……」

「伊兵衛は長屋の店賃も溜めている。その始末をしなければならぬ。いまごろ大家と話をしているだろう」

「では、急いでお松さんを安心させてやったほうがよいのではありませんか。きっと気を揉んでいるはずですわ」

「うむ。そうだな」

清兵衛は水を飲みほすと、大小をつかんでまた立ちあがった。

「わたしもごいっしょします」

安江も遅れて立ちあがり、姉さん被りにしていた手拭いを脱いだ。

伊勢屋の裏にまわった清兵衛は、裏木戸から勝手口をのぞき込むと、近くにいた女中に声をかけてお松を呼んでもらった。

もう裏の路地は暗くなっており、人通りもなかった。すぐにお松はやってくると思ったが、少し時間がかかった。

野良犬が先の路地からあらわれ、ひょこひょこした足取りで清兵衛と安江のそばを通り過ぎたとき、お松が裏木戸の引き戸を開けて出てきた。

「遅くなり申しわけありません」

お松はきちんと辞儀をして謝った。

「お松、もう心配はいらぬ。すべて片はついた」

清兵衛はそういって、どういう始末にしたかをざっと話して聞かせた。

「おとっつぁんが来たのですか……？」

「こういったときは、やはり親が頼りだ。ちゃんと面倒を見てくれた。伊兵衛も改心して実家に戻るだろう。だから余計な心配はいらぬ」

「あー、よかった。どうなったんだろうかと心配でならなかったのです」

お松は胸を撫で下ろし安堵の吐息をついた。

「お松さん、これであなたも安心してはたらけるわね」

安江が微笑みながらいう。

「ええ、何もかも桜木様のおかげです。ほんとうにご面倒をおかけしました」

「いいのよ。これも何かのご縁だったのよ。ねえ、あなた様」

「うむ」

清兵衛がうなずいたとき、黒い影が二つ近づいてきて、

「あ、桜木様」

と、声をかけてきた。吉蔵と伊兵衛だった。

「おとっつぁん」

それと気づいたお松が驚きの声を漏らし、すべては清兵衛から聞いたといった。

「そうかい。すっかり桜木様にはお世話になっちまってな。何もかもこの野郎のせいだが、大事にならなくてよかった。桜木様はこのおれに手をついて頭を下げられて、伊兵衛を頼むとおっしゃった。驚いちまったが、立派なお武家様にそんなことをされりゃ、いくらなんでもいやとはいえねえ」

そこまで吉蔵は話してから、清兵衛に顔を向けた。

「ほんとうに桜木様、ご迷惑をおかけしやした。この馬鹿息子は長屋の家賃も溜め込んでいたんで、それもきれいにして引き払う段取りをつけてきました」

「それはよかった」

そういう清兵衛に伊兵衛はぺこぺこと頭を下げている。

「桜木様がおとっつぁんに頭を下げられたって……」

お松が驚き顔をしていた。

「おれもあのときは驚いちまったが、ほんとうにおれは悪いことをしていると思い知らされた。お松、すまねえ。ほんとうにおまえには世話になった。おまえの恩に報いるために、おれはしっかりはたらく。おとっつぁんとそう約束もしたし、何よりおまえに悪いからな」

伊兵衛は半分涙声になって、お松に頭を下げた。

「兄さん……」

お松は言葉を詰まらせ、ぽろぽろと涙を流し、嗚咽まじりに、

「兄さん、しっかりね」

と、ようやく声を搾り出した。うんうんとうなずく伊兵衛は、腕で目のあたりをしごいていた。

「桜木様、あっしはこの店の旦那に挨拶をして帰ります。またあらためてご挨拶に伺いますので、今日はここで失礼させていただきます」

「ああ、挨拶なんかいらぬ。気にすることはない。では、わたしたちも失礼する」

清兵衛は吉蔵に応じて安江をうながした。

安江は歩きながら目のあたりを指先で払い、

「あなた様、お松さんの親に頭を下げられたのですか？」

と、問うた。

「ものを頼むときに頭を下げぬ者はいまい。そんなときは武士も町人も関係ないであろう。人はみな同じだ。そうではないか」

「おっしゃるとおりです。でも、それもお松さんのことを思ってのことですね」

清兵衛は返事をせず歩いた。

さざれ星の浮かぶ夜空に、上弦の月が浮かんでいた。

第三章　ほだされて

一

高橋勝之丞《たかはしかつのじょう》は浮かれていた。初めての参勤交代に、国許の徳島を離れる前から心を浮き立たせていた。そして、江戸に着くなり心が躍った。

江戸は繁華な町で、通りを歩く女も男もきれいな着物姿だ。もっとも物乞いや粗末な着物姿の職人も浮浪児もいるが、そんな者には目がいかない。

貧乏人はどこにでもいる。国許にもいるし、出府の道中に通った宿場や村にもそんな者はいた。しかし、江戸は違う。

華やかだ。日本橋の目抜き通りを歩けば、大店が軒を列ね、色とりどりの暖簾がかけられている。そんな店に並ぶ品物はいかにも高直《こうじき》そうだ。

とくに目を奪われるのが、きれいな着物を着た町娘だった。水色や薄紫の花柄や、粋な小紋。それに合わせた帯の結び方も、千鳥結びに文庫崩し、さげ下結びなどと多彩である。

勝之丞は上屋敷ではなく、南八丁堀の中屋敷にまわされていた。

「おぬしは運がいい。上屋敷におれば、いろいろとうるさい上役の目が厳しい。その点、中屋敷はのんびりとしておる。羽を伸ばせるのは中屋敷だ」

先輩格にそういわれたのは、江戸到着後のことだった。

中屋敷は上屋敷の控え屋敷であり、緊急時の避難所にも利用されるので、広大な敷地のなかには手入れの行き届いた池泉《ちせん》が設けられているし、詰めている藩士も上屋敷に比べればぐっと少ない。

上屋敷に詰めているのは三千人ほどだが、中屋敷は五百人に満たない。それだけに長閑《のどか》な空気が漂っている。

ともあれ、勝之丞は町に出るのが楽しくてたまらない。江戸着任後、暇を見ては浅草や両国、あるいは上野界隈を歩きまわり、江戸の町を謳歌《おうか》していた。

どこにでも芝居小屋や見世物小屋があり、広場にいる大道芸人も少なくない。菓子や饅頭《まんじゅう》を売る店の前で売り声をあげる小僧や小女を眺めるのも楽しい。

お駒《こま》という女に思いがけずも声をかけられたのは、江戸暮らしをはじめて半月ほどたった頃だった。

「どちらのお武家様でしょうか？」

それは中橋《なかばし》広小路にある茶屋の床几に座って、通りを行き交う若い女を眺めながらにたついているときだった。横に顔を振り向けると、声をかけてきたのは、二十三、四と思われる美しい女だった。

「わたしであるか。わたしは蜂須賀《はちすか》家の者だ」

勝之丞はだらしなくゆるんでいた顔を引き締めて答えた。

「まだお若いですよね」

女は微笑を浮かべて問う。御納戸《おなんど》色の青梅縞《おうめじま》を粋に着こなしている。襟からのぞく肌はきめが細かく白い。細面で目鼻立ちがよい。唇はやや小振りだが妙に色気がある。

「二十歳《はたち》だ。そなたは？」

「駒と申します。今日は暇なのでふらりと日本橋へ買い物に来たのです。お侍様のお名前は？」

「高橋勝之丞と申す」

「よい名前ですね」

お駒は白魚のような指で湯呑みをつかみ、ゆっくり茶に口をつけた。赤い紅をつけた唇が艶っぽく、わずかに睫毛を伏せた目に年上女の魅力があった。

「馬廻り組を務めておる。今日は非番でな」

安く見られたくないので、見栄を張った。ほんとうは槍奉行配下の御徒《おかち》である。それにどうせこの場限りの女だろうから、嘘をついたとしても罪にはならない。

「お馬廻り……」

お駒は小首をかしげた。

「主君のおそばに仕えて警固をするお役だ。おおむね武芸に秀でた者が選ばれる」

「では、高橋様はお強いのですね」

「さほどではないが、まあそこその腕はあるという自負はある」

「頼もしい方なのですね」

それから話ははずみ、お駒が家を出て一人暮らしをしていることを知った。

「なにゆえ、一人で……」

勝之丞の問いに、お駒は少し顔を曇らせた。だが、すぐに誤魔化《ごまか》すような笑みを浮かべ、

「恥ずかしい話ですけれど、おっかさんが死んだあとでおとっつぁんが後添いをもらったのです。その方とわたしは馬が合わないのです。嫌いな人と同じ屋根の下に住むのは息苦しくて、家を飛び出しているのです」

といって、小さなため息を漏らした。

「他家のことに首を突っ込みたくはないが、その後添いはよほど意地が悪いのだろうか」

「おとっつぁんは浅草で小さな小間物屋をやっているんですけど、後添いは金目あてに来ているのが見え見えなんです。贅沢ばかりをしたがる人で……。わたし、とてもそんな人と暮らしてはいけません」

「まあ、気持ちはわからなくもない。されど、生計《たつき》はいかがしているのだ？」

お駒はふっと笑みを浮かべた。

「心配してくださっているの？」

「そんな話を聞けば気になるからな」

「木挽町に親戚の料理屋があるのです。人手が足りないときだけですけれど、手伝いに行っています。質素に暮らしていれば、それでなんとかなるのです」

顔に似合わず慎ましい女だと、勝之丞は思った。もっと裕福で派手な女に見えたが、人は見かけではわからない。

「さりとてずっと一人身というわけにはいかぬだろう。そなたの縹緻なら嫁入りの話は一つや二つではなかろう」

お駒は口に手をあてくつくつと笑った。

「ええ、たしかに話はありましたけれど、わたしもう少し自由でいたいのです。それに町人の家に嫁ぎたいとは思っていません」

「ということは……」

「できればお武家に輿《こし》入れしたいのです。難しいことはわかっていますけれど……」

勝之丞は目をみはった。自分は出世の望みのない徒侍である。上士や中士の息女をもらうことはできぬ。その代わり、百姓でも職人や町人の娘でも妻にできる。

お駒のような慎ましくて美しい女といっしょになれたらどんなに幸せであろうか。まさか、そんなことはかなうまいと思いつつも、一縷《いちる》の望みを見た気がした。

「あら、いやだ。わたし余計なことを話してしまいました」

「いや、それがしが不躾《ぶしつけ》なことを聞いたからだ。気にすることはない」

「ここだけの話にしておいてくださいね高橋様」

「そろそろ行かなければなりません。失礼をお許しください」

「ああ」

「あ、お駒殿」

立ちあがったお駒が振り返った。

「もしよければ、また会えぬか。会ってもう少し話をしたい」

お駒は晴れた空を眺めてから勝之丞に顔を戻した。

「わたしみたいな女でよければ……」

「では、明後日の八つ（午後二時）にまたここでいかがだ。他の日でもかまわぬが……」

「明後日は暇ですわ。では、八つにこの茶屋にまいります」

勝之丞は歩き去るお駒をいつまでも眺めていた。

二

お駒と出会って一月が過ぎた。

勝之丞の心はお駒で占められ、寝ても覚めてもお駒のことを考える。仕事にも手がつかないほどだ。といっても仕事はさほどない。日がな一日中屋敷の長屋にいて、上役に用をいいつけられればその仕事をやるといった程度だ。

江戸在府は楽だ。やることがない。たまに家老や用人などの重役が来ると、いきおい屋敷内の掃除や警固に就くが、それも一時のことで、夕刻には暇になる。

同輩の徒連中は、長屋で酒盛りをしたり、安い居酒屋で酒を飲む。

勝之丞はそんな集まりに誘われても、何かと理由をつけて断り、いそいそとお駒の長屋に足を運ぶ。

お駒が自分の長屋に案内したのは、知り合って半月ほどたった日だった。そぼ降る雨の日で、狭い九尺《くしやく》二間《にけん》の長屋に二人きり、男と女がいればあとはどうなるかお決まりである。

最初、お駒は恥じらっていたが、逢瀬《おうせ》を重ねるうちに大胆になり、勝之丞を迎えるときには薄い浴衣一枚で居間にあげ、そしてべったり寄り添ってくれる。

勝之丞は国許で安女郎を買ったことはあるが、素人の女と枕を並べるのは初めてだった。それも相手は、自分には不釣り合いな縹緻よしである。すっかり勝之丞はお駒の虜《とりこ》となっていた。

「わたし、勝之丞さんと離れられなくなったらどうしましょう」

昼間から乳繰り合ったあとで、お駒は勝之丞の上に来てそんなことをいう。

「いっそのことわたしがもらってやろうか……」

「嬉しいけれど、そんなことできないでしょう。勝之丞さんはいずれ徳島に帰る人。わたしは江戸から離れられない女なのですよ」

お駒が覆い被さってきて、頬ずりしながらささやく。細い体のわりには、つくべきところに肉がついているから、それだけに抱き心地がよく、またお駒は激しく応えてくれる。若い勝之丞は身も心もお駒に奪われているのだった。

しかし、自分は嘘をついている。三十俵四人扶持《ぶち》の下士なのに、百石取りの馬廻りだといっている。そして、お駒はそれを信じている。

だから勝之丞は見栄を張って無理をしなければならなかった。同じ徒仲間に借金をし、お駒に簪や紅を買い与え、ときに気の利いた小料理屋にも連れて行く。

だが、それにもかぎりがある。だからといってお駒に正直なことは話せない。

真実を明かしたらお駒に逃げられるという恐れがあった。

せめて、江戸にいる間だけでもお駒を我がものにしておきたい。たとえ一時の夢だとしても、お駒との時間を大事にして楽しみたかった。だからケチなことはできない。できないが金はない。そして、懐が侘《わび》しくなった頃に、

「ねえ勝之丞さん、お願いがあるの」

例によって甘ったるい声でお駒が肩にしなだれかかってきた。お駒の長屋である。

「なんだい？」

「中村座で菊さんが源九郎をやるのよ。わたし、見に行きたくて行きたくてたまらないの」

お駒はいやいやをするように体を揺すって、勝之丞に頬をくっつける。

（菊さん……源九郎……）

何のことかわからない。

「中村座って芝居小屋か……」

二丁町《にちようちよう》にある大きな芝居小屋のことは勝之丞も知っていた。

「そうよ。わたし、前から瀬川菊之丞《せがわきくのじよう》が好きなの。どうしても見たい。それも勝之丞さんといっしょでなきゃいや。ねえ、見に行きましょうよ」

お駒は勝之丞の袖を引いて揺する。

「ああ、それはいいが……いつだい？」

「いつでもいいわ。明日でも明後日でも……」

勝之丞は視線を泳がせて考える。もう手許不如意もいいところだ。

金は——ない。

「どうせならちょっと洒落《しゃれ》た浴衣を着て、そして芝居が跳《は》ねたあとは芝居茶屋でおいしい料理とお酒で……うふ……」

お駒は勝之丞の手をつかんで揺する。

「それはよいが……」

勝之丞は浴衣なら高くはつくまいと、頭のなかで算盤《そろばん》をはじく。しかし、芝居茶屋は敷居が高そうだ。

そんな金は——ない。

「芝居茶屋には菊さんも来るかもしれない。他の役者連中も顔を出すはずよ。たまにはそんな店で楽しみたいではありませんか」

「菊さんというのは、その瀬川なんとかという役者か……」

「そうですよ。あの人の佐藤忠信と源九郎狐を見たいのよ。ねえ、行きましょう。行きましょうよぅ」

お駒は鼻にかかった声で甘える。

「待て、待ってくれ。ここしばらく忙しくなるのだ。明日、明後日というのは困る。もう少し先にしてくれぬか」

「少しなら待てますけど、いつがよいのかしら？」

「それはしばらく待ってくれ。お役目の都合があるのだ」

「待つのはいいけど。芝居が終わったあとなんていやよ」

「うむ、何とかする」

（何とかしなければならぬ。お駒のためなら……）

勝之丞は一心に考える。

「でも、いいわ。少し先なら新しい浴衣を誂《あつら》えなきゃならないですものね。勝之丞さんとお揃いの粋な浴衣を作りましょう。そう、明日や明後日とはいわずに少し先でもいいわ。でも月晦日《つきみそか》には芝居が終わるからその前よ」

もうお駒は決めつけている。

「お芝居はお好きでなくて……」

「いや、江戸の大芝居を一度は見たいと思っていたのだ」

本心だった。だが、金の工面をどうするかと頭の隅で考える。

「ともあれ、返事は少し待ってくれ」

勝之丞は一時しのぎに返答した。

三

その朝、南八丁堀界隈を縄張りとしている岡っ引きの東吉《とうきち》は朝っぱらから、自身番の書役に呼ばれた。

自身番は南八丁堀一丁目にある。開け放してある戸口を入ると、

「いってえ何の用だ？」

と、東吉は太眉の下にある三白眼で書役の茂兵衛《もへえ》を見た。

「親分、何だかこのところ立てつづけなんでござんすよ」

「何がだ……」

東吉は上がり框《かまち》に座って、短い足を片方の膝に乗せた。

「昨日は二丁目の鹿島屋《かしまや》の女中が金を強請《ゆす》り取られ、その前は本八丁堀の角屋《かどや》の手代がやはり脅されて店の金を巻きあげられたんです。よくよく調べると、信濃《しなの》屋《や》の小僧も使いに行った帰りに脅されて金を取られています」

「みんなこの近所じゃねえか」

「さようです。まあ、それぞれ取られた金は多くないのですが、二度も三度もっ

づいているとなると放っておけないでしょう。見廻りに見えた久世《くぜ》の旦那にそのことを話しますと、東吉親分に相談しろとおっしゃるんです。旦那は他のことで手がまわらないらしいのです」

「ふむ」

東吉は顎の無精ひげをごしごしこすった。

久世というのは、東吉に手札と十手を預けている南町奉行所の定町廻り同心だ。その久世の指図となれば、東吉は動かないわけにはいかない。

「親方、取られた金はいかほどだ？」

自身番の書役は親方と呼ばれることが多い。

「三件で合わせて六両ほどです」

「六両……」

驚くほどではないが、その辺の町人にとってみれば大金である。

「それで恐喝をしたやつのことはわかっているのか？」

「それが相手は頭巾をしていたらしく、それにいずれも暗い夜のことで、はっきり見ていないらしいのです。ただ、腰に脇差を差していたと申しますから浪人か、よそから流れてきた与太者かもしれません」

「腰に差していたのは脇差だけか……」

「さように聞いております。親分、また同じことがつづくとことです」

「いわれるまでもねえことだ。よし」

東吉は膝をたたいて、

「久世の旦那のお指図なら放っちゃおけねえ。ちょいと探りを入れて、その野郎をとっ捕まえてやろう」

と、怒り肩をそびやかして立ちあがった。

自身番を出た東吉は懐に入れている十手をそっとたしかめてから、通りを一眺めして足を進めた。まずは近い鹿島屋に向かった。

何者かに金を脅し取られた鹿島屋の女中は、お咲《さき》という華奢な女で、見るからに気の弱そうな顔をしていた。

「顔はよく見ていません。怖くて見ることができなかったんです」

お咲はそのときのことを思い出したらしく、ぶるっと肩をふるわせた。相手のことを聞いても侍のようだった気もするし、その辺の怖い地廻りだったような気もすると、曖昧《あいまい》である。

それにあたりは暗かったし、相手は黒い頭巾を被っていたので人相も体つきもよく覚えていなかった。脅し取られた金は二分（一両の二分の一）だった。

つぎは本八丁堀五丁目の角屋にまわって徳次《とくじ》という手代に会った。徳次は二十四の若手の手代で、ひょろっと丈の高い色白の男だった。

「取られたのは四両です。掛け取りに行っての帰りで、いきなり暗い路地から人が出てきたと思ったら、口を塞《ふさ》がれたんです。それだけで生きた心地はしませんで……」

「相手の顔は見たか？」

「見ていません。なにせ暗がりでしたし、わたしは後ろから腕をまわされ口を塞がれていましたので……」

それで、持ち金をわたさないと殺すと脅され、集金してきたばかりの四両という金をそっくりわたしたらしい。

「ですが、侍だったような気がします」

「なぜ、そう思う？」

「言葉遣いがやくざっぽくなかったのです」

東吉は眉宇をひそめて、どんなことをいわれたかと問うた。

「おとなしく金をわたせば命を取ることはないと、そんなふうなことをいわれました」

「ふむ」

「刀を差していたか？」

「それは見ていませんが、腰に刀の柄みたいなのがあたったので……差していたような気がします」

徳次は自信なげに首をかしげた。

東吉は他にも聞いたが、徳次が覚えていることは少なかった。犯人を捜す手掛かりとなることは聞けないままつぎの店に足を延ばした。

それは日比谷町にある信濃屋という履物問屋で、被害にあったのは安吉《やすきち》という小僧だった。まだ十七の少年で体も小さく、垂れ眉のにきび面だった。

東吉は決して褒《ほ》められた人相ではない。どちらかというと悪人顔だ。そんな男に呼び出された安吉は顔をこわばらせて東吉の前に立った。

「そんなおっかながることはねえ。おれは鬼でもなきゃ人食いでもねえ」

そういってニカッと笑ってやったが、安吉はさらに怯えたような顔をした。よほど気の小さい男のようだ。

「それで、どこで脅された？」

「金六町《きんろくちょう》の名主さんの家を出てすぐのところでした。近道をして帰ろうと思って路地に入ったところで、待てといわれまして、振り返ると男の人が立っていたんです」

「そいつに脅されたんだな」

「はい」

「何といって脅された？」

「おとなしく持ち金を出せといわれ、腕をつかまれました」

「そいつぁ侍だったか？」

安吉は首をかしげて、わからないといった。

「でも、脇差だと思いますが、腰に差していました」

「他には……」

東吉は気の弱そうな安吉を眺める。

「暗かったので、他にはわかりません」

「そいつは若かったか、それとも年寄りだったか？」

「年寄りではなかったです。わたしより七つか八つ上のような気がします」

これも曖昧である。安吉が取られたのは一両二朱（二朱は一両の八分の一）だった。

「他に思い出すことがあったら、南八丁堀の番屋に伝えてくれねえか」

東吉はぽんと安吉の肩をたたいて背を向け、顎を撫でて顔をしかめた。

（これじゃ捜しようがねえ）

四

「そろそろ中食《ちゆうじき》どきであるな」

清兵衛は散歩の途中だったが、甘味処「やなぎ」の前を通りかかったときに、おいとに声をかけられ、そのまま店の床几に座り、おいとと他愛ない世間話をしていた。

「わたしもお腹が空いてきました。桜木様、お昼を食べたらまたお散歩に出かけられるのかしら？」

「そうだな。天気もよいし、ふらっと出歩くだろうな。家にいても退屈するだけなのだ」

そういいながら作りかけの川柳が頭の隅にちらついた。

「おいとは休みの日は何をしておるのだ？」

聞かれたおいとは小首をひねって、ふわっと微笑む。何とも愛らしい憎めない顔をしている。おいとと話をすると心が和《なご》む清兵衛である。

「いろいろです。縫い物をしたり、家の掃除やお片付け。それから猫が遊びに来るので相手をしてあげます」

「野良猫かね」

「そうですけど、わたしに懐《なつ》いているのです。名前もつけてあるんです。たまは三毛猫でとらは虎猫です」

「二匹も……」

「他の猫も寄ってくるようになったんで、おっかさんに餌をあげるなと叱られますけど」

おいとは悪びれたふうもなく、ひょいと首をすくめる。そのとき板場のほうから、母親のおえいが声をかけてきた。

「おいと、できたわよ」

「桜木様、草餅よ。お昼から売るんです。よかったら食べに来てください」

おいとはほっこり笑っていうと、そのまま板場に向かった。

「草餅か……」

清兵衛がつぶやいて残りの茶に口をつけたとき、人相の悪い男がすぐそばの稲荷橋をわたってきた。短足のがに股で肩を怒らしている。岡っ引きの東吉だった。

「親分、なんだい。シブい面をして……」

「おお、ご隠居か。いい身分だね。昼間っからこんなとこで暇潰しですかい」

東吉はそういったあとで、これはいいところで会ったと言葉を足し、つかつかと近寄ってきた。

「何か面白いことでもあったかね」

「野暮なことを。たったいまシブい面をしているといったくせに」

東吉は同じ床几にどすんと座った。

「面倒が起きてんですよ。それで聞き込みをしてきたんだけど、さっぱりわからねえ」

「何がだね?」

「破落戸《ごろつき》の仕業だと思うんですがね。ここ二、三日のうちにたかりが出てんです。脅されて金を巻きあげられたのは、ひ弱そうな手代と小僧と女中。取られた金はしめて五両二分二朱なんすがね……」

「そりゃ大金だね。で、犯人の目星はつかないのかね」

「ついたらこんな顔してねえですよ」

東吉は悪人顔をしかめる。眉が太く三白眼で、顴骨《かんこつ》が張っており、さらに厚い唇。冗談にも色男とはいえない悪相だ。

「手掛かりもないのかね」

「ないんだねえ。これが……」

東吉はそういったあとで、店の奥に向かって茶をくれと声を張った。

「脅した野郎は、頭巾をしていて、脇差を差していたってぐらいで、年恰好もわかりゃしねえ。気になるのは、侍言葉を使っていたってことですがね……。それもわざとそういう言葉を使ったのかもしれねえし……」

「そりゃあ手間がかかりそうだね」

清兵衛が何気なくいうと、東吉はこれまで調べたことを聞きもしないのに話した。

「桜木さん、あんた暇こいてんだろう。手伝ってくれねえかな」

東吉は清兵衛が元北町奉行所の与力だったというのを知らない。清兵衛もそのことは伏せている。

「わたしにはそんなことは……」

「殺生《せっしょう》いわねえで、ちょいと暇潰しにやってくれりゃ助かるんだがな。桜木さんがなかなかの利け者だってのは知ってんだから。子分の野郎がみんなよそへ行っちまって手こずってんですよ。久世の旦那は他の仕事で手いっぱいらしくて困ってんです」

清兵衛は東吉を使っている久世平之助《へいのすけ》のことを当然知っているが、それも明かしてはいない。

「親分、こんにちは」

おいとが茶を運んできて東吉にわたし、すぐ奥に引っ込んだ。

「なあご隠居、ちょいとやってくんねえかな」

東吉はずるっと音を立てて茶を飲み、またせがむ。

「親分がどうしてもっていうんなら、まあやってもよいが、あてにされると困るな。わたしはそういうことに疎《うと》いのでな」

清兵衛は遠くの空に浮かんでいる雲を眺めながらしらっという。

「どうせご隠居は暇なんでしょ」

東吉はご隠居といったり桜木さんといったりする。

「まあ、暇ではあるが、それなりに忙しくもしておるのだ。だがまあ、ちょいと動いてみようか」

「お、そうこなくっちゃ。ここの茶代ぐらいおれが払うから」

「それはともあれ、もっと詳しいことを教えてくれぬか」

「お、嬉しいねえ。桜木さんがやってくれるなら百人力だ」

東吉は調子のいいことをいって、さらに詳しい話をした。

五

一旦、自宅屋敷に戻り中食をすませた清兵衛は、

「何か用はないかね」

と、安江に聞いた。

「今日は何もありませんわ。またお出かけ」

「うむ、東吉という岡っ引きに頼まれごとをされてな。少し遅くなるやもしれぬ」

「東吉って、あの愛想の悪い親分でしょ。わたし、ああいう人苦手ですわ」

「見かけは悪いが、根はいいやつだ。それに、ああいう男がいると町のためにもなる」

「いくら暇だからといっても、安請け合いは考えものですよ」

苦言を呈する妻をよそに、清兵衛はふらりと家を出た。

恐喝の被害にあったのは三人だった。まずは近場からあたることにして、南八丁堀二丁目の醬油酢問屋「鹿島屋」に行き、二分を脅し取られたというお咲という女中に会った。

「東吉親分に話を聞かれたと思うが、わたしにも話してくれないかね。親分に会ったあとで、何か思い出すことはなかったかね」

清兵衛は自分のことを名乗ってからお咲に訊ねた。お咲は小柄で華奢な体に加え、気弱そうな顔をしている。

「怖くてほんとうに顔を見ていないんです。でも、声は……」

「何だね？」

「そんなに怖い声ではありませんでした。そんな気がします。黙って金を出してくれれば何もしないといわれたので……」

「ひどいことはされなかったのだね」

お咲はこくんとうなずく。取られたのは酒屋に払いに行くために番頭から預かった金だった。

「背は高かったかね、それとも低かったかね？」

「……並だと思います。お侍様より低かったかもしれません。でも、それもよくわかりません」

お咲は臆病な鳥のように目を動かす。

「歳はいくつぐらいだった？」

「それも……でも、二十代半ばだったような気もします。着流しだったのは覚えています」

「羽織はつけていなかったのだね」

「はい」

お咲から聞けることは少なかった。

つぎに本八丁堀五丁目の麻苧《あさお》問屋「角屋」の徳次という手代に会った。ひょろっと丈の高い色白で、頼りないおとなしい顔をしていた。

「親分にも話しましたが、後ろから口を塞がれて殺されるのではないかと、心の臓が縮みあがっていまして……」

「取られた金は四両だったな」

「はい」

「刀を差していたような気がすると親分に話しているが、その辺を与太っている男ではなかった。そうなのだな」

「破落戸の使う言葉ではありませんでした。あ、そうだ。素足で雪駄《せった》履きでしたが、雪駄は新しかった気がします。暗がりでも足許だけは見えましたから」

「どんな雪駄だった？」

「お武家様が履いてらっしゃるのに似てました」

清兵衛が履いているのはどこにでもある黒い鼻緒の雪駄だ。これでは手掛かりにならない。

「襲われた場所を教えてくれるか？」

「高橋《たかばし》の近くです。東湊町二丁目にお稲荷さんがあるんですが、その脇路地でした。夜分ですし、後ろから口を塞がれて覚えていることはないんです」

「声の感じから相手の歳に見当はつかないか？」

徳次は短く視線を泳がせてから、二十歳過ぎだと思うが、三十には届いていなかった気がするといった。

つぎに日比谷町の履物問屋「信濃屋」の安吉に会ったが、やはりこれという話は聞けなかった。お咲も徳次も小心者だというのはわかったが、安吉もおとなしくて気弱な男だった。

安吉は、清兵衛が東吉から聞いたことと同じ話をしたが、

「江戸の男じゃなかった気がします。ちょっと訛《なま》ってました」

と、付け加えた。どこの訛りかわかるかと聞いたが、安吉はわからないという。

「脅されたのは金六町だったらしいが、詳しい場所を教えてくれ」

「名主さんの家を出て左に折れたすぐの路地でした」

名主は清左衛門《せいざえもん》という。長く八丁堀に住んでいた清兵衛は、おおよその見当がついた。

安吉と別れると、金六町に足を運び、安吉が襲われたという路地を見つけた。いまは昼間なので明るいが、夜になればおよそ人の通る道ではない。

そこは二尺幅の路地で、両側は壁になっている。その壁の向こうから松の枝や竹がのぞいていた。その壁の向こうで鶯が鳴いていた。

清兵衛はその路地をあとにしながら、これは一筋縄ではいかないと感じた。犯人はいかにも気の弱そうな男と女を脅している。

しかも場所はいずれも暗がりで、人気《ひとけ》のない夜の出来事だ。いきなり暗がりで腕をつかまれたり、背後から口を塞がれたら誰でも恐怖する。

新たにわかったのは、言葉に訛りがあったので犯人が江戸の者ではなく、どこかの在の者かもしれないということだけだ。

「おいと、出来たての草餅をもらおう」

やなぎに立ち寄った清兵衛は、床几に腰を下ろすなり注文した。

「来てくださったのですね。嬉しいです」

おいとはいつもの笑顔を振りまいて奥に下がると、すぐに茶といっしょに草餅を運んできた。

「少し考えごとをしたいので、一人にさせてくれるか」

茶と草餅を受け取った清兵衛は断りを入れた。

「何かお悩みでも……」

おいとが心配げな顔を向けてくる。

「いや、そうではない。ちょっと思案があるのだ」

おいとは素直に奥に引っ込んだ。

清兵衛は茶を飲み、草餅を食べた。うん、これはうまい、と思わずうなる。ほのかに蓬《よもぎ》の香りのするやわらかい餅に、甘い餡《あん》が口中に広がる。

だが、感心するのはそこまでで、三人の小心者を脅して金を巻きあげた犯人のことを考えなければならない。いずれも日の暮れたあとで、現場は人通りのない路地である。

そして、脅した男には訛りがあり、侍らしい言葉を使った。とすれば江戸の者ではない。雪駄を履いて脇差を差していた。大刀を腰に差していたかどうかは不明だ。

それだけのことを考え合わせると、江戸勤番の侍かもしれない。しかし、在府中の勤番は大勢いる。この近所にも大名屋敷があるので、その屋敷に詰めている者かもしれぬ。

もし、そうであるなら犯人の身柄は、いずれ藩の目付にわたすことになる。

（日の暮れを待つか……）

清兵衛は残りの草餅を頬張り、内心でつぶやいた。

六

「ねえ。勝之丞さんたら……」

お駒は勝之丞の首に両腕をまわして顔を近づけてくる。

「浴衣ではだめか。浴衣を誂えて芝居を見に行こうといったのはそなたではないか」

「ううん。そのつもりだったけど、やっぱり浴衣では恥ずかしいと気づいたのよ。だってさ、芝居が跳ねたあとの料理茶屋で菊さんに会って、浴衣だったら失礼だと思われるかもしれないでしょう。それに、いくら夏になったとはいえ、浴衣で芝居を見に行く客はいないらしいのよ」

「さようか……」

勝之丞は内心でため息をつき、目の前のお駒を見つめる。婀娜《あだ》があると思わせるのは、お駒の唇の下に小さな黒子《ほくろ》があるせいだと気づく。

「わたし、勝之丞さんに誂えていただこうと考えてはいないのよ。でも、少しだけ出してもらいたいの。そのお金はあとでちゃんとお返ししますから」

「ま、それはよいが、いかほど入り用なのだ？」

「二両もあれば十分間に合います。でも、ちゃんと返しますから」

「まあ、遠慮はいらぬ。そなたがさらに美しくなると思えば、安いものだ」

よくそんなことがいえると、勝之丞は自分でもあきれる。だが、たった二両をけちったばかりにお駒との縁が切れるのは避けたい。

「まことに……」

お駒は嬉しそうに笑むと、頬をくっつけてきた。勝之丞は強く抱きしめて、唇を奪う。お駒が応えてくれる。

二人は睦み合ったばかりで、足許には脱いだ着物が散らかっていた。二人ともよれた浴衣を羽織っているだけで、互いの肌を寄せ合っていた。お駒の両の乳房が勝之丞の肌に触れていて、再び欲情を誘う。

籠もっている淫靡な空気が隙間風に流されてゆく。

鶯の清らかなさえずりが聞こえてきた。

「そろそろ支度をしなければならないわ」

お駒はそっと勝之丞から離れた。今夜は木挽町の親戚の料理屋の手伝いがあるという。

「送ってまいろう」

「ご心配には及びませんよ。店は近いのですから……」

勝之丞は一時《いっとき》でもそばにいたいという思いがあるので、むげに断られると、何か裏があるのではないかと勘繰ってしまう。

お駒は単衣《ひとえ》の着物を身につける。勝之丞はその様子を座って眺めた。裾からのぞく足首が細くて白い。腰も細いのにちゃんと肉はついているし、細身の体に比して胸も豊かだ。

「やはり、送って行こう。それとも送られるとまずいことでもあるのか？」

思わず嫉妬めいたことを口にして、しまったと思ったが、

「わざわざ大変ではありませんか」

と、お駒は気にする様子はない。手鏡を持って白粉を塗り、紅をさす。

「藩邸は近くだ。それに今日は非番で急いで帰らずともよい。送ってまいる」

じつはお駒がどんな店の手伝いをしているのか、前から気になっていた。今日はその店を見ておきたかった。

「それじゃ、仲良く道行きでございますね」

お駒が振り返って微笑む。その微笑にも勝之丞は惚れている。

勝之丞は支度を終えたお駒といっしょに長屋を出た。表は夕暮れ間近で、西の空は黄金色《こがねいろ》に染まっていた。二人で何度も出歩いてはいるが、勝之丞は少なからず優越感に浸ることができる。

連れているのは国許にはいない別嬪《べっぴん》だ。むろん、江戸の町を歩いてもお駒ほど

の縹緻よしはめずらしい。

そんな女と仲良く歩けるのだから、勝之丞は我知らず気持ちを高ぶらせる。

「着物の件、承知した」

お駒がはっと驚いたように目をみはって見てくる。

「わたし、無理なことといっているのでしたら……」

「いやいや、気にすることはない」

勝之丞は遮って余裕の笑みを拵えた。

「やっぱり勝之丞さんは頼もしい。嬉しい」

お駒は勝之丞の腕にしがみついてくる。擦れちがう町の者がそんな様子を見る。

勝之丞は自慢げに素知らぬ顔で歩く。

「その先のお店がそうよ。勝之丞さん、ここでいいわ」

お駒が立ち止まって先の店を示した。看板に「千里《せんり》」という文字が見えた。

「立派なお茶屋だな」

いかにも敷居の高そうな料理屋だった。

「では、またね。浮気しちゃだめですよ」

「まさか、そんなことするわけがない」

お駒は小さく笑んでうなずくと、そのまま千里の暖簾をくぐって姿を消した。

（この店であったか……）

親戚の店だといったが、たいした分限者《ぶげんしゃ》だと、勝之丞は感心した。だが、すぐに現実に引き戻される。

勝之丞は暮れなずんでいる空を眺めると、表情を引き締めきびすを返した。

新たに二両作らなければならない。そのための手立てはひとつしかない。やることは決まっている。問題はその相手を捜すことだ。

引き返しながら木挽町でもよかったのではないかと考えたが、お駒がはたらいている店の近くは遠慮したほうがよいと自分にいい聞かせる。

南八丁堀の通りまで来ると、ゆっくり歩きながら軒を列ねている店を物色し、ときどき立ち止まってはカモになりそうな奉公人はいないかと店のなかに探る目を向ける。

そうやって通りの外れまで来ると、稲荷橋をわたり本八丁堀の通りを歩いた。

日が落ちかかっているので、店仕舞いをはじめている店が多い。奉公人たちが片づけに忙しく動いている。

通りの外れ、弾正橋《だんじょうばし》の袂《たもと》まで歩くと、もう一度引き返した。

良心は咎《とが》めるが、お駒を失いたくないという思いが強い。ことが露見しなければよいのだ。

(今日はカモを見つけるだけでよい)

勝之丞は本八丁堀の通りを往復すると、高橋をわたって東湊町にある店を眺めていった。

七

清兵衛が東吉から恐喝犯を捜す助《すけ》をしてくれと頼まれて、二日後のことだった。

「おお、ご隠居。桜木さん……」

真福寺橋手前、大富町の広小路だった。がに股でせかせかと近づいてくるのは東吉だった。

「いかがした?」

「いやいや、いろいろと忙しくなっちまってね。久世の旦那が柳原《やなぎわら》土手で起きた殺しの助をしてくれとおっしゃるんです。どうにも旦那は手こずっているらしくて……。それで何かわかりましたか?」

東吉は三白眼を向けてくる。

「まだ、これといってわかったことはないよ。なにせ捜す手掛かりがないから、親分の真似をして町を見廻っているのだ」

「感心なことです」

「それで久世殿の助をするといったが……」

「そうなんすよ。旦那はそっちの調べはあとにして、おれの調べの助をしろとおっしゃる。まあことが殺しなんで放っちゃおけないんです。それで、桜木さん」

「うむ」

「こっちの調べをつづけてもらえませんか。また金を強請り取られるやつが出たら困るんだ」

「それはそうであろう」

「久世の旦那の助が終わったらすぐ戻ってくるんで、それまで桜木さん頼みます。このとおりだ」

東吉は拝むように両手を顔の前で合わせた。

「いたしかたないな」

清兵衛が応えると、東吉はそれでは頼んだといって、先に真福寺橋をわたっていった。

「やれやれだ」

清兵衛は東吉を見送って小さく嘆息し、通りを振り返って目を光らせた。恐喝犯、つまり他人を脅して金やものを奪い取る者は一度味をしめると、すぐにはやめないというのが相場だ。

清兵衛は過去の経験でそのことをよく知っている。とはいえ、日のあるうちにはそんな輩《やから》はめったに行動しない。

いまは昼下がりで、人の往来も多く、人の目にもつきやすい。だからといって探索の手を緩めてはならないことも清兵衛にはわかっている。犯罪の多くは人目のないところで起きるが、犯罪者は日中に下調べをしたり、企《くわだ》てを練ったりするのが常だ。

清兵衛は真福寺橋をわたり、さらに白魚橋をわたった。楓川沿いの道を歩きながら不審な男がいないか注意を払う。

本材木町七丁目まで来ると、楓川に架かる松幡橋《まつはたばし》をわたり松屋町に入る。このあたりも東吉の縄張りだ。そのまま町屋を右へ左へと曲がり、金六町に向かった。信濃屋の小僧安吉が襲われた場所をもう一度見に行くためである。

商家の塀越しにのぞいている柿の新葉が瑞々しく、日の光を透かしている。町のあちこちで鶯の声が聞かれ、木綿の小袖をからげ脚絆《きゃはん》をつけた花売りの老婆と擦れちがう。

長屋の木戸口で初鰹売りとやり取りをしているおかみがいれば、町の辻に子供を集め、

「玉や玉や、吹き玉やー」という売り声をあげているしゃぼん玉売りがいる。

昨日も安吉が襲われた金六町の路地を見に行ったが、とくに発見はなかった。清兵衛が再び来たのは、見落としがあるかもしれないという用心だった。

しかし、日の光に溢れているいまも、落とし物は見つからなかった。むろん足跡などもない。

無駄を承知でやってきたものの、やはり無駄であったと思うが、それであきらめては探索にはならない。だんだん与力時代のことを思い出して足を進める。殺しでも盗みでも、その事件のあった場所には何度も足を運ぶ。それは探索の鉄則だった。

金六町から本湊町にまわった。鹿島屋の女中お咲が襲われた場所である。近くに稲荷社があり、日が暮れればもの寂しげなところだ。ここにも新たな発見はな

かった。

最後は角屋の手代徳次が襲われた路地にも行ったが、結果は同じだった。

そうこうしているうちに日が傾き、町屋に夕靄が漂いはじめ、仕事を終え家路を急ぐ職人の姿を見るようになった。

日の名残りのある空を数羽の鴉《からす》が鳴きながら飛んでゆく。

清兵衛はやなぎに立ち寄り、茶を飲みながら目の前を行き交う人々に注意の目を配る。近所の大名屋敷から出てきた勤番侍の姿を見るようになった。よれた着流し姿の浪人らしき男もいる。

清兵衛はそんな者たちを注意深く観察する。不審な目の動きをする者がいれば、しばらくその行動を見届ける。

悪さを企む者は目に落ち着きがない。また悪さをしたあとも同じだ。それは人の目を気にする罪人特有の兆候である。

「おいと、馳走《ちそう》になった。また寄らしてもらう」

清兵衛は隣の客に茶を運んできたおいとに声をかけ、茶代を置いてやなぎをあとにした。

「桜木様、またいらしてねえ」

おいとの明るい声が背中を追いかけてくる。

清兵衛は南八丁堀の通りに出ると、ところどころで立ち止まり、通りを歩く者たちに目を光らせる。酒屋の軒下に身を寄せてしばらく町の様子を窺った。

（気になる者はいないな）

そう心中でつぶやきを漏らしたとき、一人の男に清兵衛の目がいった。若い侍である。身なりから江戸勤番の侍だと察せられる。どことなく垢抜けないということもあるが、小袖の裏に浅葱《あさぎ》木綿を用いているからだった。

吉原では江戸勤番のことを「浅葱裏」と呼んで馬鹿にすることもある。

（あの男……）

清兵衛の目が光った。男は店仕舞いをはじめている仏壇屋を眺めていたが、ゆっくり歩き去ったと思ったら、今度は越前屋《えちぜんや》という瀬戸物屋の近くに立ち様子を窺っている。その店も店仕舞いをはじめていた。

（あやつ……）

着流しの二本差しである。おそらく勤番侍で間違いなかろう。信濃屋の安吉は、自分を恐喝した男は訛りがあったといった。江戸勤番は諸国からやってくる。当然お国訛りがある。

その男は越前屋を品定めするように眺めると、三丁目の路地に入り、そのまま中ノ橋をわたって本八丁堀に入った。

清兵衛は十分な距離を取ってあとを尾《つ》けた。やはり、男は店仕舞いをはじめている店の様子を眺めていた。何か躊躇《ためら》っている様子でもある。

しかし、それは長くなかった。そのまま通りを西へ行き、松屋町に入った。

（今度はこっちの町の店か……）

清兵衛は内心でつぶやいた。しかし、男の足は止まらずに松屋町のとある長屋に消えた。木戸口から三軒目の前で立ち止まると、戸が開き、そのまま家のなかに入った。

清兵衛は誰の家だと思い、井戸端から戻ってきたおかみに声をかけ、男が入った家のことを聞いた。

「お駒さんの家ですよ」

おかみは怪訝そうな顔を向けてくる。

「何をやっている女だね？」

「料理屋の仲居仕事をしていると聞いてますけどね」

愛想のないおかみで、それだけをいうと、自分の家にさっさと戻っていった。

八

翌朝、清兵衛は東吉の長屋を訪ねた。

「なんです、ずいぶん早いじゃねえですか」

東吉は寝起きらしく、まだ眠そうな顔をしていた。

「もう日が昇ってずいぶんたっている。昨夜は遅かったようだな」

「夜明け前まで見張りをしていたんですよ。よくおれの家がわかりましたね」

「番屋で聞いたんだ。それで聞きたいことがある」

「なんです。何かわかりましたか？」

清兵衛は上がり框に腰を下ろした。南八丁堀二丁目の裏長屋だ。東吉は独り者らしく、女気がなかった。まるめた布団が隅にあり、柳行李がひとつ置かれ、炭の入っていない手焙《てあぶ》りがある。衣紋《えもん》掛《か》けに浴衣と小袖と半纏が重ねて吊してあった。

「わかったことはないが、松屋町に耕三店《こうぞうだな》という長屋がある」

「ああ。知ってますよ」

煙管を吹かして東吉は答えた。

「そこにお駒という女が住んでいるが、どんな女だね」

「お駒が何かやりましたか……？」

紫煙を吹かした東吉がさっと顔を向けてきた。

「そこに出入りしている勤番がいる。どこの藩中のものか知らぬが、お駒のことが気になるんだ。親分なら知っていると思ってな」

「ありゃ、とんだあばずれだ。ときどき様子を見てるが、まあおとなしく暮らしてるから黙ってますがね。ありゃあ下総《しもふさ》の百姓の出で、十五のとき浅草の熊野屋《くまのや》という線香問屋に女中奉公に出たんですが、手癖が悪くて暇を出されたんです。それを調べたのが久世の旦那なんですが、盗んだ金は二両ばかりだったし、お駒も若い娘だし改心できるだろうってことで目こぼしです」

同心が目こぼしをすることは少なくない。軽罪で反省の色が見られると、そういう処置をする。

「それで、いつの間にかこっちに家移《や》りしていたんで、おれはちっと驚きましたがね。それで何をしてるのか調べたところ、木挽町のあちこちの料理屋に出入りする酌取りになってやがった。まあ、縹緻のいい女なのでちょっとした評判らしいですが……それがどうしました？」

東吉は煙管を灰吹きに打ちつけて顔を向けてくる。

「ちょいと気になっただけだ」

「まさか、ご隠居、うひひ……お駒に手をつけようってんじゃねえでしょうね」

「馬鹿を申すな。そんな気などないわ。だが、まあわかった。今日も見張りかい？」

「そうです。下手人の尻尾がなかなかつかめねえんでね」

「ご苦労であるな。では、またた」

「あ、桜木さん。あの件頼みますよ」

「わかっている」

東吉の家を出た清兵衛は大富町にある茶屋の床几に座って、しばらく通りを眺めた。昨夜見かけた勤番の姿はない。お駒の家に出入りしているのはわかったが、昨日の不審な行動が気になる。

（そうか、お駒を……）

清兵衛は突然思い立ったように膝をたたいた。一度お駒の顔を見ておこうと考えたのだ。

松屋町の耕三店に行ったのはすぐである。

亭主連中が出払った長屋は閑散としていた。どぶ板が一枚外れているのが目についただけで、奥の井戸端にも人の姿はなく、奥の家から赤ん坊のぐずる声が聞こえてくるぐらいだった。

お駒の家の戸は半開きになっていた。男のいる様子はない。昨日の勤番は昨夜のうちに帰ったようだ。長屋は二階建てで、二階の窓の外に手拭いや腰巻きが干してあった。

木戸口でしばらく見張っていると、お駒が出てきた。そのまま表に向かってくる。清兵衛は背を向けて様子を見た。

お駒は表の河岸道に出ると、八百屋で牛蒡《ごぼう》とじゃがいもを買って長屋に引き返した。千鳥格子の浴衣姿だが、東吉がいったように美しい女だ。百姓の出らしいが、江戸で洗練されたらしく見栄えがよいので酌婦には見えない。

あの勤番はお駒に惚れているのではないか？　あるいはお駒が誑《たぶら》かしているのかもしれない。酌婦なら男を手なずけるのに長けているはずだ。

ともあれ、お駒を見た清兵衛は見廻りをすることにした。

その日、勝之丞が中屋敷を出たのは、勤めが終わった七つ（午後四時）過ぎだった。勤めといってもとくに何をするわけでもない。上役から何も指図を受けなければ、庭の掃除をしたり、屋敷にある蔵の整理をするぐらいで、あとは門長屋で控えているだけだ。

「おめえさん、このところちょくちょく外出をするが、今日もか」

同じ長屋に住む同輩がからかうような声をかけてきた。

「屋敷にいてもやることがないからな」

勝之丞はさらりといって屋敷を出た。もうすぐ日が暮れる。今日のうちに二両を都合しなければならない。明日はお駒の着物を仕立てに行く約束になっている。

(二両じゃ足りぬか。あと一両は……)

勝之丞は口を引き結ぶ。

これまで〝稼いだ金〟は、お駒のために使ったのであっという間に消えている。お駒は二両でいいといったが、お駒と付き合うためにはもう少し余裕がなければならない。

(今夜のうちに三両は……)

そう考える矢先に心の臓が脈打つ。

大金を強請るのではない。小金だ。それにいまのところ騒ぎにはなっていない。

今夜が最後だ。それで終わりにしなければならない。

勝之丞は歩きながらこれから先のことを考える。西の空はきれいな夕焼けだった。狙う店の奉公人は決めている。日が暮れるまでにはまだ間があった。

暇を潰すために稲荷橋のそばにある甘味処に立ち寄り、茶を注文した。愛嬌《あいきょう》のいい女が茶を運んできて、

「お侍様、初めてでございますね」

と、ほっこり笑いかける。気さくで人好きのする娘だ。

「そうだ。江戸に来てまだ間がないからな」

「近所のお屋敷に詰めてらっしゃるのかしら」

「すぐそこだ。蜂須賀家の屋敷だ」

「それじゃほんとうに近くですね。是非、またお寄りくださいまし。おいしい草餅がありますよ」

娘はちゃっかり商売をする。

「いや、今日は遠慮しておこう」

茶を飲んでいるうちにあたりが薄暗くなった。日が翳り、人の顔が黒く見えるようになり、近くにある店が片づけはじめた。

勝之丞はそろそろだと思い、甘味処をあとにして稲荷橋をわたり、本八丁堀の通りに出た。五丁目の角口で立ち止まり、一軒の店に目を注ぐ。

掛け看板に「阿波屋《あわや》」とある。国許は阿波国である。そして、阿波屋は藍玉を扱っている問屋だった。

阿波徳島は藍の生産地で、徳島藩の財政は藍で成り立っているといっても過言ではなかった。

（因果なことだ）

勝之丞は胸のうちでつぶやく。

夜の帳《とばり》が静かに下りて、あたりが暗くなった。阿波屋が表戸を閉めた。もうすぐだと思う間もなく、表戸の脇戸から一人の手代が出てきた。小柄で人のよさそうな丸顔だ。

手代はまっすぐ高橋のほうに歩いて行く。勝之丞はゆっくり暗がりから出ると、あとを尾けた。もう引き返せない。やるだけだと胸のうちにいい聞かせるが、心の臓がどきどきいっている。悪いことだというのはわかっているが、お駒と離れたくないので他の手立てがない。

高橋をわたったところで懐から頭巾を出して被った。それからいっきに手代との距離を詰めた。東湊町一丁目と二丁目の路地に入った先で、前を歩く手代に声をかけた。

「何でございましょう」

振り返った手代が驚いたように目をみはった。勝之丞は間髪を容れず手代の手首をつかんで、脇の暗がりに引き入れた。

「おとなしく財布を出してくれ。出せば何もせぬ。さあ……」

「後生です。命ばかりは……」

小柄な手代はふるえながら懐に手を差し入れた。

「そこまでだ」

突然、背後で声がした。勝之丞は心の臓が口から出るほど驚いて振り返った。

九

「きさまであったか……」

清兵衛がずいと一歩足を進めたとき、男は脅していた奉公人を突き飛ばした。

うわっ、と声をあげて阿波屋の奉公人が地に倒れたのと同時に、男は腰の刀を引き抜いて斬りかかってきた。

清兵衛は跳びしさってかわし、表の道に出た。

「逃げるのだ」

倒れていた奉公人は這うようにして立ちあがると、路地の奥へ逃げていった。

「弱そうな者に目をつけ、金を脅し取るとは武士の風上にも置けぬ所業」

「黙れッ」

相手はゆっくり間合いを詰めてくる。だが、隙だらけだ。この男、剣術の腕はさほどでない、と清兵衛は見た。

「斬り合うつもりはない。刀を引け」

「うるせー！」

相手は上段から斬りかかってきた。清兵衛は抜き様《ざま》の一刀で、男の刀を撥《は》ねあげると、半身を捻りながら背後にまわり込み、片腕を首にまわして引き倒した。

「うっ……」

相手は仰向けに倒れ、頭巾からのぞく目を見張っていた。

「鹿島屋の女中、角屋の手代、信濃屋の小僧から金を強請り取ったのはきさまだな」

清兵衛の刀の切っ先は相手の喉元に向けられている。

「ゆっくり立て」

清兵衛は相手の刀を踏みつけて命じた。

「た、頼む。見逃してくれぬか」

「ならぬ。立つんだ」

相手はゆっくり立ちあがった。清兵衛は即座に相手の頭巾を剝《は》ぎ取った。

「あっ」

男の顔が薄闇のなかにさらされた。

「どこの勤番だ？」

「そ、それは……」

「名は？」

男は黙っている。

「いえぬか。ならば番屋で話を聞こう。さすればきさまは縄を打たれることになる。御番所に預けられ、そののちきさまの藩目付に引きわたすことになる。まあ、それはしかたないことだろう」

「ど、どうかご勘弁を。後生ですから見逃してもらえませぬか。御番所の世話になれば、わたしは生きていられません。腹を切らなければなりません。どうか、どうか……」

男は土下座をして、見逃してくれ許してくれと、肩をふるわせる。

清兵衛は刀を鞘に納め、情けなく跪《ひざまず》いている男を見下ろした。

「名は何という？」

「高橋勝之丞と申します。徳島蜂須賀家の家臣でございます。申しわけございません」

蜂須賀家の中屋敷は南八丁堀にある。その屋敷詰かと問えば、高橋勝之丞はそうだとうなずく。

「歳は？」

「は、二十歳です」

前途のある藩士だ。清兵衛はため息をついた。自身番に引き入れてもよいが、そうすればこの男の将来はなくなるだろう。だが、話は聞かなければならない。

「わたしは元北町奉行所の与力、桜木清兵衛と申す」

「げっ」

高橋は驚き顔を向けてきた。

「弱い者から金を強請り取るにはそれなりのわけがあるのだろう。なにゆえ、さようなくだらぬことをした」

「そ、それは……どうしても金がいるようになったからでございます」

「女か……」

高橋ははっと目をみはった。

「きさまはお駒という酌取り女の家に出入りしておるな」

「なぜ、そのことを……」

「わしの目は節穴ではない。立て。ゆっくり話を聞かせてもらう」

高橋勝之丞はすっかり観念したのか、抵抗の素振りは見られなかった。清兵衛は近くの居酒屋に入ると、奥まった小上がりに座り話を聞いた。

「するとお駒のために強請りをはたらいたというわけか……」

高橋はうなだれたままうなずく。

「縹緻のよい女なので惚れるのはわからぬでもないが、相手が悪かったな」

「お駒はまことに酌取りなので……」

あかるいところで見ると、高橋はまだ幼さの抜けきらない顔をしている。純朴な田舎侍だ。

「お駒は下総の百姓の出だが、木挽町ではよくも悪くも評判の酌婦だ」

「百姓の娘だったのですか」

高橋は呆気に取られた顔をし、自分は浅草の小間物屋の娘だと聞いていたと話した。

「それは体のよい嘘であろう。要するにおぬしはお駒に誑かされたのだ」

「そんなことだとは……。それでわたしは……」

高橋はすがるような目を向けてくる。目の前には徳利と盃が置かれているが、手をつけられずにいる。

清兵衛はこの男の処置をどうしてくれようかと、ゆっくり酒に口をつけて考えた。自身番に突き出すのはわけもないことだ。もしくは屋敷に連れて行ってわけを話してもよいが、そうなれば高橋の将来は台なしになるだろう。また、蜂須賀家にどんな規約があるか知らないが、藩によっては切腹もある。

強請り取ったのは五両二分二朱である。相手に怪我をさせてもいない。それでも立派な犯罪に他ならない。

「おぬしはそう悪い男ではなさそうだ。そこでわたしと約束してくれるか」

「はい」

高橋は蚊の鳴くような声で答える。

「二度と同じことはやらぬと」

「すっかり懲《こ》りましてございまする」

「惚れた女に貢ぐ男の気持ちはわからぬでもないが、武士の嗜《たしな》みは心にある。一歩引き下がった慎み深い振る舞いを忘れてはならぬ」

「はい」

「今日あったことは忘れてやる」

高橋は凝然と目をみはるなり、尻をすって下がり深々と頭を下げた。

「ありがとう存じます、ありがとう存じます」

「おいおい、他の客がいる。みっともない真似はよせ。それからな、おぬしが脅し取った金は返さなければならぬが、いかがする？」

「それは……」

「いちどきに返済はできぬだろうが、少しずつなら何とかなるか？」

「何とかいたします」

「では、角屋、鹿島屋、信濃屋の三軒の店で、江戸在府中に強請り取った金の倍、買い物をしてもらいたい。できるか？」

「やります」

「男と男の約束だ。武士に二言はないぞ」

「心得ましてございます」

高橋は顔をゆがめて涙をこぼし、助かります、ありがとうございますと、声をふるわせた。

十

三日後の昼過ぎだった。

例によって散歩に出かけた清兵衛は、南八丁堀の通りでばったり東吉と出くわした。

「桜木さん、例の一件どうなってます?」

「ああ、あのことか。わたしの手にはやっぱり負えぬわ」

「ええ、なんですと」

東吉はいきなり渋面になった。

「いろいろ調べてはみたが、さっぱりわからぬ。それより、久世殿の助仕事は片

「昨日、上野で召し捕りました。柳原土手で殺されたのは大工だったんですがね、下手人はその大工の仲間でしたよ。ま、それはすんだんでいいんだが、恐喝野郎を何とかしょっ引かねえと……」

「もうわたしには無理だ。親分には子分がいるではないか」

「ったく、あてにならねえご隠居だ。しゃあねえ、じゃあ褌《ふんどし》締め直して捜すか」

東吉はそのまま歩き去った。

（すまぬな）

清兵衛は東吉を見送ってから、徳島藩中屋敷の表門を眺めた。立派な長屋門はしっかり閉じられている。

（高橋勝之丞、頼んだ）

清兵衛は胸のうちで呼びかけて歩き出した。

夏の日差しが強くなっている午後だった。

第四章　家出娘

一

「あんた生まれはどこだい？」

お安《やす》に問われたお秀《ひで》は、どう答えようか短く考えてから、

「川崎宿」

と、答えた。ほんとうは南品川宿の生まれだった。嘘をついたのは、ほんとうの自分のことを知られたくないという心がはたらいたからだ。

「川崎は品川のずっと先だね。行ったことないけど、大きな宿場なの？」

そう聞くのは浅黒い顔をしているおりょうという女だった。

おりょうもお安もお秀より一つ年上の十七歳だ。歳はほとんど変わらないが、

この二人は自分より世間ずれしているので、ずっと歳上に見えた。

「品川と同じぐらいかな」

お秀はそう答えて饅頭をかじった。

三人は楓川の畔《ほとり》に置いてある腰掛けに座っているのだった。新葉の柳がそよ風に揺れている。目の前を流れる堀川は、波も立てずに青い空を背景に三人の姿を映していた。その川を一艘《そう》の猪牙舟《ちょき》がやってきて、波を立てて通り過ぎた。

「それでどうすんだい？」

饅頭を食べ終え、指についた餡をなめながらお安が顔を向けてくる。細面で涼しげな細い目をしている。お秀もどきっとするほどの縹緻よしだ。

だが、やくざの子で、母親は浅草奥山で楊枝《ようじ》店をやっていると聞いている。そのせいか、縹緻のわりにはすれっからしだし、涼しげな目には険があった。

この人には逆らってはいけない、と初めて会ったときにお秀は思った。おりょうは浅黒いまる顔に小さな目のわりには唇がぼってりと厚く、鼻も低かった。笑うと人あたりのよい顔になるが、小さな目は始終どこかを狙っている。

おりょうは父《てて》なし子で、二年前に母親を亡くしていた。身寄りがないので両国界隈をふらついては、盗みをやって暮らしていた。

お安は柳原土手で客を引く夜鷹をしていたと、お秀は聞いた。その夜鷹と盗人に声をかけられたのは両国の盛り場だった。

――行くとこないんだったらついて来なよ。何とかしてやるよ。

会ったばかりなのに、お安がそういうのでお秀は金魚の糞《ふん》のように、くっついて歩いている。そうやって半月ほどがたっていた。

「空き家を見つけようよ。あの塒《ねぐら》にはもう帰れないんだしさ」

おりょうはそういって、汚れた着物に手をこすりつけた。

「あてがあるのかい？」

お安がおりょうを見る。お秀もおりょうを見た。

「探せばきっとあるよ」

「それじゃどこへ行く？」

お安は腰掛けから立ちあがった。

「築地のほうはどうかな。ここは町方が多いから避けたほうがいい気がする」

おりょうがそういうので、三人は築地に足を運んだ。

「金を作らなきゃね」

歩きながらお安がつぶやく。お秀はお安の整った横顔を見る。縹緻もよいが細身で姿もよい。ただ、目つきが怖い。

お秀はお安とおりょうに、ほんとうのことを話していない。父親は酒飲みで気性の荒い大工で、母親は小さな店の仲居をしているといった。

じつはそうではない。お秀の実家は南品川宿にある海徳寺の門前で、旅籠《はたご》を兼ねた仕出屋をやっているのだった。

家を出たのは両親と上にいる兄と姉が冷たくあたるからだった。末っ子のお秀には深い疎外感があった。ほんとうはこの親の子ではないのだ。だから兄も姉もわたしを邪険にするのだと思い込んでいる。

そんな家にいても面白くないし、自分一人だけが孤立していた。だったらいっそのこと家を出て気儘に暮らしてやると、勇気を出した。だが、その勇気は一日と持たなかった。

家族に嫌われている自分は何もできないのだという無力感に苛《さいな》まれた。しかし、家に帰ればひどく叱られるのはわかっている。それに親も兄姉も、自分を嫌っているのだからいなくなって清々《せいせい》しているかもしれない。そんな家にはやはり帰れないし、帰りたくないと思い、途方に暮れているときに声をかけてきたのがお安だった。

「めぼしい家はないかい？」

お安がはすっぱな口調でおりょうを見る。おりょうはもう少し先に行こうという。

三人は木挽町の通りを抜け、築地本願寺の前まで来て立ち止まった。

「ここは寺ばかりじゃねえか。床下にもぐり込むなんて真っ平ごめんだよ。この先に町はあるんだろうか？」

お安が海のほうに目を向ける。おりょうが行ってみるしかないという。

ぶらぶらと若い娘三人がつるんで歩くのを、擦れちがう町の者やお武家がめずらしそうに見てきた。

三人とも着た切り雀だ。髪もほつれているし、着物は継ぎのあたった古着である。お秀の草履はまだ新しいが、お安とおりょうのは擦り切れていた。

本願寺橋をわたると、そこは南小田原町だった。

大きな商家はないが、小さな店が軒を列ねており、長屋も多い。しかし、目敏《めざと》いおりょうは、

「この家は空き家だよ」

と、一軒の家の前で立ち止まった。三十坪ほどの小さな家で、猫の額ほどの庭

があった。荒れ放題の庭には雑草が生え、庭木の梅も樅《もみ》の木も枝葉が伸び放題だ。

雨戸は閉められ、玄関の戸もしばらく開けられていないとわかった。

「様子を見てくるわ」

おりょうは木戸門の戸に手をかけたが開かない。それでもおりょうは家の裏にまわって、やがて庭に姿を見せた。

「大丈夫よ。誰もいない。二、三日なら夜露をしのげる」

「さすがおりょうだわ。それじゃお邪魔しようじゃないのさ」

お安はお秀ににっこり微笑んでから、通りに警戒の目を配ったあとで、おりょうが開けてくれた木戸門をくぐった。

二

一時しのぎに選んだ塒は、畳は毛羽立ち埃が積もっていて、天井の隅には蜘蛛《くも》の巣が張っていたが住む家のない三人には十分だった。

それに、行灯や蠟燭《ろうそく》もあったので、夜も不自由しなかった。それでも食べ物を調達しなければならない。これといった仕事をしているわけではないので、やることといえば盗みである。

町屋に行って食べ物屋に目をつければ、番をしている主かおかみに声をかけおしゃべりをする。その間に別の者がこっそり並んでいる品物を懐に入れて持ち去るのだ。

おしゃべりをして店の者の気を引く役は、口達者なお安で、お秀とおりょうは店の者の目を盗んで、ものを取ってとんずらする。

少々の食べ物はそれで調達できるが、いつもうまくいくとはかぎらない。それに三人の持ち金はもう底をつきかけていた。

「道具屋に持って行けるブツがありゃいいんだ」

お安が提案する。

「そんなものこの家にはないじゃない」

おりょうが薄暗い家のなかを見まわしていう。塒にした家は完全な空き家で、金になりそうなものは何もなかった。

「他の家にはあるじゃないか」

「そうか。その手があったわね」

おりょうが小さな目を輝かせる。お秀には何のことかわからないので、二人のやり取りを見守る。

「それじゃ探しに行こう。きっとあるわよ」

おりょうに誘われてお秀とお安は、南小田原町から南飯田町までを順繰りに見てまわった。家人が出払った家に忍び込んで、ものを盗むのだ。

お安とおりょうは何度も同じことをやっているらしく、そういう家に目をつけるのがうまかった。

「亭主とおかみが出かけている家を狙うんだよ。どうせ錠前なんかかける家なんてないから容易《たやす》いもんよ。お秀、あんたにも手伝ってもらうからね」

「あ、はい」

お秀は目をみはったままお安にうなずく。悪いことだとわかっていても、背に腹は代えられない。生きていくためには金を都合しなければならない。

三人は一軒の長屋の木戸口に立ち世間話をしているふうを装う。傍目《はため》には若い娘が仲良くおしゃべりをしているようにしか見えない。しかし、三人は長屋の各家々に注意の目を配っていた。

「あの家、いまは留守だよ」

奥の井戸端から二軒目の家から、おかみが出てきてそのまま歩き去った。

「いまだ。おりょう行くわよ。お秀、見張りをしておくんだよ。いまのおかみが戻ってきたらすぐに教えるんだよ」

「わかったわ」

お秀はお安にうなずく。

木戸口に残ったお秀は通りに注意の目を向けながら、ときどきお安とおりょうが忍び込んだ家を見やる。もうその二人の姿は家のなかに消えていた。

見張り役のお秀の心の臓がどきどき脈打っている。似たような悪いことを何度かしてきたが、何だか楽しさを感じる。当初あった罪悪感も薄れていた。

お安とおりょうはすぐに戻ってきた。懐がふくらんでいる。盗んだのは二十文緡《さし》と百文緡をそれぞれ二つだった。合わせて二百四十文。

「しみったれの家だったよ」

お安が銭勘定をして愚痴《ぐち》るようにいうが、

「またやればいいじゃない。二人だと危ないけど、お秀が見張りに立ってくれるとやりやすいわ」

と、おりょうが宥《なだ》める。

その日は目をつけた三軒の長屋に忍び込んで、都合八百六十文を稼いだ。

「これで当分食いはぐれることはないね」

おりょうが満足顔で小さな目をほころばせる。

「これじゃ高が知れているよ。三人で分けりゃたいした稼ぎじゃないだろ」

お安が言葉を返す。たしかに山分けしても一人頭二百八十文だ。残りの金はお安とおりょうが等分に分けた。

「やっぱ股を開いたほうが稼ぎはいいね」

お安は片膝を立て、煙草をくゆらせる。

「股を開くって……」

お秀が疑問を口にすると、お安はぷっと噴きだした。

「あんた、何も知らねえんだね。春をひさぐんだよ。金になるよ。ちょいと目をつぶるだけですむんだ」

「それでいくらになるんです？」

「いいときは二分か三分。しけた相手にあたっちまえば一分ぐらいかな。あんた、やってみるかい」

お秀はまばたきもせずにお安を眺めた。いっていることはわかるが、とても自分にできる勇気はない。男の手もにぎったことがないのだ。

「まさか、おぼこじゃないだろうね」

お秀が頰を赤くしてうつむくと、またお安が笑った。

「うぶだと思っちゃいたけど、慣れりゃどうってことないさ。あんただったらすぐ客がつくよ。可愛らしい顔してんだもん」

「わたしゃ売れない夜鷹だからね。お安やお秀が羨ましいわ」

おりょうが拗《す》ねた顔をした。

「わたしはちょっと……」

お秀はもじもじして、お安とおりょうを見た。

「それはできません」

「ま、いいさ。夜鷹なんていやなもんさ。だけどね、どうしようもなくなったらやるっきゃないんだ」

お安は醒《さ》めた顔でお秀を見た。

「さ、何かうまいもん食いに行こうじゃないの」

三

鉄砲洲の南端にある明石町《あかしちょう》の岸壁に腰を下ろして海を眺めるのが気に入った。釣りをやる人もいれば、狭い浜辺で遊ぶ子供たちもいる。

沖には白い帆を張った漁師舟が見られ、青々とした海がどこまでもつづき、その先に白い雲が浮かんでいる。波は穏やかな潮騒《しおさい》の音を立てながら汀《みぎわ》の砂を浚《さら》っている。

清兵衛はそんな午後の海を眺めていた。なぜか心が穏やかになる。ぼんやりと、何も考えずにただ海を眺め、ときどき空を仰ぐ。

過去のさまざまな出来事が胸のうちに去来し、

「わしは幸せなのかもしれぬ」

ふとそんな思いが声となった。しかし、声は潮騒の音にかき消された。

「お侍……」

背後から声をかけられ、少し驚いた。振り返る間もなく、一人の若い女が隣にしゃがんだ。

「何してんの？　さっきからずっとぼんやりしているじゃない」

女は口許に笑みを浮かべて見てくる。細面で縹緻のよい女だ。柳眉の下にある涼しげな目、少し小振りの口。どこかはすっぱな雰囲気を漂わせている。

「暇潰しだ」

清兵衛は海に目を戻した。

「へえ、身を持て余してるってこと……」

「まあ、そうだ。隠居の身だからな」

女はふーんといって、しばらく黙り込み、清兵衛と同じように海に視線を向けた。一方の岩場に鷗《かもめ》たちが群れて、騒がしい鳴き声をあげた。

「暇ならわたしが遊んであげようか」

清兵衛は女を見た。女はにっこり微笑む。目に何かを求める光があった。

「安くしとくよ」

「…………」

「ちょいと暇潰しの相手をしてもいいってこと」

女は悪びれた様子もなく、裾をめくり片方の脚を曝《さら》してさすった。白くてきれいな脚だ。

「名は何という。わたしは桜木清兵衛と申すが……」

「安だよ。桜木さん、隠居だっていうけどまだ若いじゃない。隠居する歳には見えないわ」

「さようか。お世辞がうまいな」

「ううん、お世辞じゃないわよ。ほんとよ」

お安が見つめてくる。清兵衛も見返した。お安の目に媚《こ》びの色がある。清兵衛には肩揚げが終わったばかりの娘にしか見えない。

「暇を潰すのがわしの日課でな」

清兵衛は尻を払って立ちあがった。お安も立ちあがった。

「どうする」

「相手を間違ったようだな。おまえさんはまだ若そうだ。ちゃんとはたらきなさい」

清兵衛はそういって背を向けた。

「はたらけるもんなら、はたらくわよ」

背中をお安の声が追いかけてきた。なぜか悲しいひびきがあった。だが、清兵衛は歩きつづけた。

（こんなところにあんな娘が……）

盛り場ならまだわかるが、人気《ひとけ》のない海辺である。

（あきれたものだ）

清兵衛は歩きながら首を振った。

それがお安との出会いであったが、翌日もお安を見かけた。お安は二人の女と、何やら話しながら歩いていた。

清兵衛は甘味処「やなぎ」の床几に座っていたのだが、二人の女友達と話しながら歩くお安は清兵衛には気づかなかった。

「おいと、いまそこを通り過ぎた三人の娘だが、知っているかね」

隣の床几にある空の湯呑みを下げに来たおいとに訊ねた。おいとは少し店先に出て、清兵衛を振り返った。

「あの人たちですね。この頃、ときどき見かけます」

「近所の者だろうか？」

「見かけるようになったのは最近ですから、越してきたんじゃないかしら」

「さようか……」

清兵衛は茶に口をつけて三人の姿を見送った。三人は鉄砲洲の河岸道のほうに歩き去り、町の角を曲がったところで姿が消えた。

清兵衛は気になった。なにゆえ、気になるか？

それは昨日お安に声をかけられ、妙な誘いを受けたからだ。誘いの真意は、もちろんわかっているが、あまりにも若い女である。

おいとがいうようにどこからか越してきたのだろうが、親はいるのだろうかという疑問がある。だが、深くそのことは考えなかったし、引きつづいての散歩の途中で忘れてしまった。

ところが、二日後の曇った午後に、再びお安を見かけた。このときお安の連れは一人だった。二日前にやなぎの前を通ったときにいっしょにいた一人で、目鼻立ちは整っているが、お安に比べたらおとなしげな娘だった。

見かけたのは木挽町一丁目の通りだった。お安は清兵衛には気づいていない。気になってあとを尾けると、下総佐倉藩中屋敷に近い長屋に入っていった。

おとなしげな子は木戸口に立ち、お安が長屋に入ったので、おそらく自分の家に戻ったのだろうと、清兵衛は考えた。

ほどなくしてお安が木戸口に戻ってきて、連れの子に声をかけた。

「お秀、行くわよ」

お安はそういって足速に歩き去った。お秀と呼ばれたおとなしげな子も遅れまいとあとをついていく。

二人が行ったのは、築地本願寺の東、南小田原町にある一軒の家だった。しかも二人は表口から入らず、裏の勝手口から家のなかに消えた。

(どういうことだ)

その家のまわりを歩いてから清兵衛は不審に思った。小さな家で、どこから見ても空き家にしか見えない。庭は荒れ放題で、雨戸も閉め切られ、玄関も閉まったままだ。

ためしに木戸口に手をかけたが、猿がかけてあるらしくビクともしない。そこへ、一人の若い女が近づいてきて、はっと驚いたように目をみはると、逃げるように来た道を後戻りし、角を曲がった。

眉宇をひそめた清兵衛は女のあとを追った。女はまだ若い。お安と同年代と思われる歳だ。その女は、家の角を曲がると、裏の勝手口から家のなかに消えた。

(妙だな)

お安とお秀のいる家だ。

清兵衛は腕を組んで思案をめぐらした。

四
「父上、お邪魔しております」

清兵衛が家に帰ると倅の真之介が茶の間でくつろいでいた。

「おお、誰かと思ったらおまえであったか」

自然と清兵衛の頰はゆるむ。

「今日も散歩でございましたか」

「いつものことだ」

清兵衛は真之介のそばに腰を下ろした。何だか少し日に焼け、健康そうな顔色である。真之介は清兵衛の跡を継ぎ、北町奉行所に出仕している。当番方の与力ではあるが、まだ本役ではなく助役だ。

「あなた様、真之介が長芋を持ってきてくれたのです。ずいぶん大きなものですわ」

台所に立っていた安江が真之介からもらった長芋を掲げて見せた。たしかに大きなものだった。

「戴《いただ》き物ですが、食べきれないほどもらったので、父上と母上にと思いまして。長芋は健康によいですからね」

「今夜は千切りにして、明日はとろろにいたしましょう」

安江が嬉しそうな顔でいって茶を淹れにかかった。

「今日は休みか？」

清兵衛は真之介に問うた。

「今日は明け番で明日は休みです」

当番方は宿直《とのい》がある。真之介はまだ下っ端《ぱ》の与力のせいか、その番が多い。安江が淹れてくれた茶を飲みながら、清兵衛は真之介の近況を聞いた。

話をそっくり信じれば、粗相もせずそれなりに勤めているようだ。だが、若い頃の清兵衛と同じで、こっそり悪所通いをしている。親の前ではそんなことはおくびにも出さないが、清兵衛は人伝に聞いて知っていた。

だからといって咎めはしない。町奉行所の与力も人並みの人間であるし、また道を外さない程度の遊びなら目をつむってもよい。それに、世間を知ることは与力として将来のためにも少なからず役に立つ。

住まいは八丁堀にあるが、そこは清兵衛が隠居前に住んでいた同じ拝領屋敷だ。

「父上は俳句や川柳を嗜んでおられるとか……」

ひととおりのことを話したあとで、真之介がめずらしそうな顔をする。

「遊びだ。ちっともうまくならぬ」

「父上は剣の腕は人並み以上ですから、俳句もそのうち上達されるでしょう」

「そうは思わぬが……。一杯やるか」

清兵衛は台所にいる安江をちらりと見て、酒の支度を頼んだが、

「生憎《あいにく》切れているのです。買ってまいりましょう」

と、安江は答えて、下駄音をさせて家を出て行った。

「明日は休みだといったな」

「はい」

清兵衛はふむとうなり、短く考えてから真之介をまっすぐ見た。

「ちょいと気になる女が三人おるのだ。わたしは顔を知られているので、探ってくれぬか。悪さをしていると決まったわけではないが、気になっておってな」

そういって三人の娘の話をした。

「すると、その家は空き家で勝手に住んでいるのかもしれませんね。それに、木挽町の長屋に盗みに入ったのはその女の仕業ではありませんか」

清兵衛はお安たちのいる南小田原町の家を見たあとで、お安が入った木挽町一丁目の長屋に戻った。

すると、こそ泥に入られたと騒いでいるおかみがいた。四、五人の住人が集まって、町の岡っ引きに知らせるとか、まずは自身番に届けようと話し合っていた。清兵衛にはぴんと来たが、お安の仕業だという証拠はないから黙っていた。もっともいくら盗まれたか訊ねると、五百文だったらしい。

盗まれたおかみは憤慨しながら、清兵衛の身なりを見て、お侍なのだから手を貸してくれないかと頼んだが、

「いやいやわたしのような者がしゃしゃり出るとあとで面倒だ。まずは番屋に届けなさい」

といって、帰ってきたのだった。

「疑いはあるが、たしかな証拠はない。そうはいっても気になるのだ。少し探ってくれぬか」

真之介は腕を組んで短く考えた。

「何か大事な用でもあるのか？」

「いえ、道場に行こうかと思っていたのですが、父上の頼みとあらば断れませぬ。

わかりました。少し調べてみましょう」

清兵衛はお安たちのいる家の場所を詳しく教えた。その話が終わったときに、安江が酒を買って戻ってきた。

「肴《さかな》に、山芋の千切りを作りましょう」


「ほんとうにそのお武家はあの家の木戸門を入ろうとしていたんだね」

お安はおりょうに目を向けた。

鉄砲洲は十軒町の河岸道だった。もう日が暮れそうで、静かな海に夕日の帯が走っていた。

「嘘なんかついてないわよ。わたしは見たんだもん。目と目が合ってさ、それで怖そうな顔で見てきたんだよ」

「だったら家を移ったほうがいいと思うわ。ひょっとしたらあの家の持ち主かもしれないし、また来るかもしれないでしょ」

お秀はお安とおりょうに顔を向けた。

「侍だったら大家じゃないね。やっぱあの家の持ち主かもしれないね」

お安はため息をつく。

「それで今夜の塒はどうするんです？」

お秀はそのことが気がかりだった。

「見つけた家があるんだ。長屋だけど、いまは空き家になっている。そこならどう？」

おりょうが小さな目を光らせていった。

「どこだい？」

「案内するからついてきて」

お安の問いに答えたおりょうは、先に歩き出した。お秀はその二人から遅れて歩き出し、いつまでもこの二人といっしょにはいられないと思った。きっとこの先も同じような暮らしになる。

自由で気ままなことはいいけれど、やはりお安とおりょうにはついていけない。だからといって実家に帰る気にもならない。

（でも、近いうちにこの二人とは別れなきゃ……）

お秀はそんなことを考えながら、夕暮れの道をとぼとぼと歩いた。

五

その日の散歩を終えた清兵衛は、庭にある一本の柿の木を眺めながら句を捻りだそうとしていた。〝柿の若葉〟を使って一句と考えているが、うまい言葉が浮かばない。

手にしている控え帳にはいくつかの句を書いているが、すべて棒線で消していた。

——夕暮れの　柿の若葉に　かたつむり
——光さす　柿の新葉　瑞々し

やはり、これではだめだとまた棒線を引いて、小さなため息をつく。

(わしにはやはり川柳が合っているのか……)

清兵衛は筆を置いて、日差しのなかに浮かぶ柿の葉を眺める。

(真之介はどこまで調べているのやら……)

ぼんやりと思いだして台所のほうを眺めるが、安江は買い物に行ったきりなかなか帰ってこない。玄関に近づく足音もしない。

その代わりに豆腐売りの声が聞こえてきた。

「豆腐ーぃ、豆腐ーぃ、生揚げがんもどき。豆腐ーぃ、豆腐ーぃ……」

のんびりした声が遠ざかってゆく。

真之介がやってきたのは、豆腐売りの声が聞こえなくなってすぐのことだった。

「どうであった。何かわかったか？」

清兵衛は玄関に行くなり、すぐに聞いた。

「いろいろわかりました」

真之介はそういって座敷にあがり、その日調べたことを口にした。

「三人の娘がいたという家は空き家でした。一月前まで田中某《たなかなにがし》という御家人が住んでいたのですが、いまは貸家になって借主を探しています。それから木挽町一丁目の長屋でこそ泥騒ぎがあったと父上がおっしゃいましたが、番屋に届けが出されています。話を聞くと、このところ他の長屋でも同じようなこそ泥騒ぎがあります。家人が出かけた隙を狙っての仕業です。父上がおっしゃるお安の仕業と考えてよいでしょう」

やはりそうであろうと、清兵衛はお安の顔を思い浮かべた。

「わたしは件《くだん》の空き家を探りましたが、たしかに人のいた形跡はあれど、三人の娘が戻ってくる気配はありません。おそらく父上に見られた娘が警戒して出て行ったと考えられます」

「もうおらぬか……」

「その三人の娘のことですが、大まかにわかったことがあります」

清兵衛は話を聞きながら、真之介もだんだん与力の顔になってきたと思った。

「一人の女のことはわかりませんが、おそらくお安という女は両国界隈をうろつき、柳原土手で夜鷹仕事をしていたようです。そのお安とつるんでいるおりょうという女は、手癖が悪く、年寄りを狙ったひったくりをして二度ばかり、岡っ引きに捕まっています」

「捕まってどうなったのだ？」

「盗んだ金はさほどでなかったし、金も盗まれた者に返すことができたので、手厳しく叱って目こぼしです。おりょうは父なし子で二年ほど前に母親を亡くし、身寄りがないようです。捕まえた岡っ引きにはそう話しています。嘘か実かはわかりませんが、身寄りがなければお店《たな》奉公もできないので、不良の心を起こすのも無理ないことでしょう」

「それで歳はいくつなのだ？」

「おりょうは十七か十六です。詮議した岡っ引きにはそう話しています」

するともっと若いかもしれぬし、もう少し上かもしれない。

「それで、その三人はいまどこに……？」

真之介はそれはわからないと首を振って、

「父上、見つけてしょっ引くおつもりですか？」

と、問うた。

「それは様子を見てからだが、お安とお秀を見つけたら長屋に盗みに入ったことは問い糾《ただ》すつもりだ。それで、あの長屋はなんという店だ？」

「大家は利右衛門《としえもん》です」

「すると利右衛門店か……」

清兵衛はふうむ、とうなり、宙の一点を見据えた。

「それで父上、わたしは明日は仕事ですから、三人の詮議はここまでです」

「うむ、十分だ。ご苦労であった」

「無理はなさいませぬように」

真之介はそういうと腰をあげて帰っていった。と、玄関を出たところで安江と出くわしたらしく、もう帰るのか、夕餉を食べていけばよいのにと、安江が引き留めている。真之介はそうしたいが、屋敷に帰ってやることがあると言葉を返した。

「真之介が来ていたのですね」

買い物から帰ってきた安江は、つまらなそうな顔で家のなかに入ってきた。

「つれない子ですわ。折角だからご飯でも食べてゆけばよいのに……」

安江はぶつぶついいながら買い物籠を台所に運んだ。

「あれも与力としての自覚が出てきたのであろう。よいではないか」

「そうおっしゃっても、やっぱりつれないですわよ」

安江は不満そうだ。

「夕餉にはまだ早いな」

清兵衛は表を眺めていった。夕刻ではあるが、まだ日が落ちるには間があった。

「ちょいと出かけてくる」

「あら、どちらへ？」

廊下に立ったまま安江が振り返った。

「近所だ。なに、すぐに戻る」

清兵衛はそのまま家を出た。

行くのは三人の娘が勝手に住み込んでいた空き家だった。

夕暮れの道を歩きながらあの娘たちに出くわさないかと思ったが、姿を見ることはなかった。

それにしてもなぜ、あの娘たちのことが気になるのだと、清兵衛は自分に問うた。問うたが、答えはすぐに出る。

お安という女に声をかけられ、思いもよらぬ誘いを受けたからだ。あの若さで春をひさごうという心根が気に入らぬ。

お安は見目のよい女だ。その気になればまっとうな道を歩ける。何とかして更生させたいという思いが、清兵衛をつき動かしているのだった。

件の空き家に来たが、やはり昨日の昼間見たときと同じだった。屋根から滑り落ちる夕日が、路地裏をあわく照らしている。裏の勝手口に手をかけると、するすると戸は開いた。

家のなかは真っ暗で、真之介が調べてきたとおり人の気配はなかった。

「どこへ行ったのだ」

表に戻った清兵衛は東の空に浮かんだ一番星を見てつぶやいた。

六

「ずっとこんな暮らしをするのですか？」

お秀はお安とおりょうを見て聞いた。

ずっと聞きたいことだったし、聞きにくいことだった。

にぎり飯を頬張っていたお安とおりょうが、同時に顔を向けてきた。

そこは東湊町二丁目にある、とある長屋だった。腰高障子には「貸家」という貼り紙があり、いまは空き店になっているので三人はとりあえず一晩だけ拝借することにしていた。

「どういうことだい？」

お安が冷めた顔を向けてくる。美人だが、澄ました顔になると目に刺々《とげとげ》しい光が宿るので、お秀は逆らうことができない。しかし、このまま二人といることを怖れていた。

「だって、その日暮らしだし、住むところだってこそこそ隠れているようで
……」

「あんたね」

お安は煮染めの焼き豆腐を指でつまみ口に入れた。

煮染めとにぎり飯は近所の煮売屋で買ってきたのだった。煮染めは蒟蒻《こんにゃく》・焼き豆腐・鯣《するめ》・牛蒡・じゃがいもで作られていた。

「住むとこがあったら苦労なんかしないよ。家がないんだから仕方ないじゃないのさ。わかりきってること聞くんじゃないよ」

はすっぱな口調でいわれると、お秀はうなだれていい返すことができない。

「あたしたちといるのがいやなら出て行っていいんだよ。あんたを拾ったのはいいけど、役立たずだからな。見張りしかできないくせに、妙なことというんじゃないよ」

おりょうは小さな目でお秀をにらんで、牛蒡を口のなかに放り込み、

「早く食いな。食いたくないのかい?」

と、お秀に勧めた。

お秀はそっとにぎり飯をつかんで口に運んだ。だが、またお安を見た。

「お安さんは帰る家があるんですよね」

「あるさ。あるけど帰られないし、帰りたくもないからこうしてんだよ。おとっ

つぁんはやくざだし、おっかさんは元女郎だ。そういっただろう。教えなくたって、どんな家だかわかるだろう」

「あたしゃどこにも行くとこないけどね。お安は親がいるだけましさ。いざとなったら親に泣きつくことができる。でもあたしゃそんな人はいない。ひどい親でも、いるといないじゃ大ちがいさ」

「ひどい親ならいないほうがましだよ」

お安は捨て鉢にいう。

「お秀だって親がいるじゃないか。酒飲みの荒くれの父親と仲居をやってる母親がいるんだろう。そういったね」

おりょうがお秀に顔を向けた。お秀は黙ってうなずく。

「二親《ふたおや》がいるんだ。あたしたちに付き合いきれないなら、実家に帰ったらどうだい。酒飲みの荒くれ親父がいたって、我慢すりゃ毎晩布団で寝られるだろうし、飯だって食えるじゃないか」

お秀はうなずく。やわらかい夜具が恋しくなっていた。たしかに、家族は自分に冷たくあたるが、三度三度の食事はできる。

「わたしはしばらく土手に立つことにするよ」

お安が唐突にいった。

土手というのは柳原土手のことで、夜鷹をやるということだ。

「お秀、あんたもやるなら手ほどきしてあげるよ。手っ取り早い金稼ぎだ。盗みをつづけりゃそのうちお縄になるかもしれないからね。土手に立ってもめったに夜鷹狩りなんてないから、気が楽さ」

「考えます」

お秀はか細い声で返事をして、にぎり飯を食べた。

三人は腹を満たすと横になった。空き店なので夜具はない。行灯もない。閉め切られた腰高障子に星あかりがあたっているだけだ。

それでも闇に目が慣れると、それとなく家のなかの様子がわかる。お安はあっという間に寝息を立てて寝ついている。おりょうも背をまるめて横になっていた。

お秀はいつまでも眠れなかった。家のことや、お安とおりょうにいわれたことを考えた。

実家に帰ったほうがいいのはわかっている。わかっているけど、家出をした自分を親が許してくれるとは思えない。

帰ればきっとひどいことをいわれる。折檻《せっかん》されるかもしれない。兄と姉はもっと辛くあたってくるだろう。そのことを考える、やはり実家に帰る勇気が出ない。かといってお安とおりょうといっしょにいることにも躊躇いがある。この二人にはとてもついていけない。

眠気はなかなかやってこなかった。それからいかほどたったかわからないが、おりょうがそっと半身を起こした。お秀は薄目でその様子を眺めていた。

おりょうはお安の寝息をたしかめると、そっと這うようにして背を伸ばし、巾着を引き寄せた。お安の巾着だ。

お秀は息を詰めてその様子を眺めた。おりょうは巾着の紐を解《ほど》いて開けると、いくらかの金を抜き取り、自分の帯にたくし込み、それからまた横になった。お安は気がつかずに寝ている。

お秀は心の臓がどきどきと脈打つのを感じた。おりょうは金を盗んだのだ。声をかけて止めることもできたが、もう遅すぎる。

お安が気づけばきっと騒ぐ。自分が疑われるかもしれない。そのとき、どういえばいいのだろうか。おりょうが盗んだといえば、おりょうは自分に何というだろうか。

おりょうは悪い女だ。前からわかっていたけれど、はっきりとそのことを認識した。友達面をした顔の裏に、こすっからい醜《みにく》い顔を隠しているのだ。

（ひどい人……）

お秀はおりょうを信用してはならないと肝《きも》に銘じた。

鳥のさえずりが聞こえ、長屋の住人たちの話し声が聞こえてきた。浅い眠りから目を覚ましたお秀は半身を起こして座った。腰高障子に朝日があたっていて、家のなかがあかるくなっていた。

「起きたのかい」

お安がお秀に気づいて半身を起こし、片手で目をこすり欠伸をした。

「さて、どうするかね。ここには長くいられないからね」

低声でいって寝ているおりょうを眺め、自分の巾着を引き寄せた。昨夜、おりょうが金を盗んだ巾着だ。息を詰めてその様子を眺めていると、お安ははっとみはった目をお秀に向けてきた。目が吊りあがっている。

「あんた」

「はい」

「わたしの金を盗んじゃいないだろうね」

「いいえ。わたしはそんなことはしません」

お秀はぶるぶると首を振って答えた。ほんとうだろうねと、お安は疑わしげな目をして聞く。お秀は知らないというだけだ。

お安は寝ているおりょうをにらんだ。それから、尻をたたき、帯に手を伸ばした。

「おめえ、わたしの金を……」

お安はそういうなりおりょうの髪を強く引っ張った。

「いたたた、何すんだよ」

おりょうは飛び起きたが、お安はその頰をたたいた。ビシッと鋭い音がしておりょうは横に倒れた。お秀は自分がたたかれたように顔をしかめた。

「この悪たれが、何でわたしの金を盗みやがる！　ふざけんじゃないよ。返せ、ええい返せ。返しやがれ」

お安はおりょうに組みつき、帯にたくし込まれた金を取り返そうとする。何すんだよ、放せ放せと、おりょうは足をばたつかせる。

「この泥棒猫。いつかやると思っちゃいたが、まさかほんとにやるとはこのアマ！」

お安はおりょうの髪を引っ張り、頰をたたく。おりょうも負けじと腕に嚙みつき、突き放す。バタバタと音を立て罵《のの》りの声をあげながら女同士の喧嘩は収まらない。

「やめて、やめてください」

お秀は止めに入ったが、長屋の住人が騒ぎを聞きつけて戸口の表に集まってきた。

「何だ、誰かいるのか」

「ここは空き家のはずだ」

「泥棒猫が入り込んでんだよ」

そんな声がして腰高障子がガタガタと揺さぶられた。その騒ぎに気づいたお安が、荒い息をしながら、

「堪忍しねえからな」

と、おりょうを一にらみして、

「お秀、逃げるんだ」

といって、勝手口に向かった。お秀はあとにつづいた。あとからおりょうが追いかけてくるのがわかった。

しかし、川口町のあたりまで行ったとき、お安の姿はどこかへ消えていた。後

ろを見てもおりょうの姿もない。

それでもお秀はさっきの長屋の者に追われている気がして、小走りで早朝の道を駆けつづけた。

七

ゆっくり朝の散歩に出かけた清兵衛は、今日もよい天気だと陽気のよさに釣られたように足を延ばし、霊岸島から湊橋をわたって小網町の通りに入った。

通りの一方は蔵地になっている河岸地で、右側はいろいろな店が軒を列ねている。与力時代はそんな店や行き交う者に注意の目を向けていたが、いまはのんびりと奉公人たちの仕事ぶりを眺める。

すでに大戸は開いており、暖簾をくぐる客もあれば、奉公人が深くお辞儀をして客を見送ったり、蔵と店を往復したりしている者たちもいる。

大八車がガタガタと車輪の音を立てて擦れちがえば、花売りの老婆が横町から出てくる。通りには長閑な雰囲気があり、どこからともなく鶯の声が聞こえてもくる。

思案橋から小網町一丁目を通り抜け、江戸橋をわたりはじめたときだった。欄干に寄りかかり、下を流れる日本橋川を見つめている女がいた。どこか思い詰めた顔だ。

と、清兵衛は「あれ」と心中でつぶやいた。お秀という若い娘だ。よくよく眺めればそうにちがいなかった。

「お秀というのだな」

声をかけると、お秀がびくっと肩を動かして顔を向けてきた。小心な兎《うさぎ》のような目には落ち着きがなかった。

「ここで何をしておる。そなたの友達はどうした？」

お秀はまばたきをして、どうしてそんなことを知っているのだという顔をした。

「お安とおりょうという連れがいるであろう」

「な、なぜそんなことを……」

お秀の声はかすれていた。清兵衛から逃げるように後じさりする。

「わたしはお安に声をかけられた者だ。桜木と申す。一昨日はそなたとお安は、木挽町一丁目にある利右衛門店に入ったな。その長屋の家から五百文が盗まれている」

お秀は顔をこわばらせ、両手を胸にあてた。おどおどとした目でさらに後じさる。

「逃げることはない。逃げれば番屋に引っ立てることになる。わたしはいまは隠居しているが、元御番所の与力だ」

お秀は青ざめた。同時に小さくふるえた。

「ちょっと話をしよう。ついてまいれ」

お秀はおとなしくついてきた。江戸橋をわたったすぐのところに茶屋があり、その店の隅に並んで腰を下ろした。

「生まれはどこだ？」

茶を運んできた小女が去ったあとで清兵衛は問うた。お秀は黙ってうつむいている。

「実家があるはずだ。親はどこにいる？」

「……品川です」

「品川のどのあたりだ？」

「海徳寺の門前で旅籠をやっています。仕出屋も……」

あのあたりかと、清兵衛は見当をつけた。お秀は少し口を開いて気が楽になったのか、なぜ家を出てうろついていると訊ねると、切れ切れに親と兄姉に冷たくされて、家にいることに耐えられなくなったと話した。

家を出てもうすぐ一月になるが、この先どうして生きていけばよいのかわからないので、たまたま声をかけてくれたお安とおりょうといっしょに過ごしていたと話した。

どうやって暮らしていたと問えば、おりょうが空き家を見つけて、そこを塒にしていたと話す。すっかり観念したのか、お秀は清兵衛の問いに素直に答えていった。

そして、今朝お安とおりょうが金のことで大喧嘩をした経緯《いきさつ》も話した。

「それで二人はどこへ行った？」

「わかりません。はぐれてしまって……」

清兵衛は茶に口をつけて、表の通りを短く眺め、お秀に視線を戻した。

「歳は十六だと申したな。さぞや親御さんは心配しているだろう。家を出て江戸の町をうろついてもよいことはない。お安とおりょうのことはよくわからぬが、よい話は聞かぬ。どうにもしようのないすれっからしだろう。そなたには立派な家があり親があり兄姉がある。冷たくされるというが、そなたが勝手に思い込んでいるだけかもしれぬ。いま頃はずいぶん心配していると思うが……」

「そんなことはないと思います」

お秀は小さく首を振る。

「このまま江戸の町をうろつけば、もっとひどい目にあうかもしれぬ。世間には思いもよらぬ悪党がいる。そんな者に騙されて、岡場所に売られることだってある。家出をしておれば身許を証《あか》せぬだろうから、まともに奉公することもできぬ。そうなれば、お安とおりょうと同じような生き方をすることになる。そんなことになってもよいのか」

お秀は口を引き結んで、いやだというようにかぶりを振った。

「ならば、わたしが品川まで送り届ける」

「えっ……」

「驚くことはない。実家に連れていってやる。家出をしたことを素直に謝り勘弁してもらいなさい。わたしはそなたの味方になってやろう」

お秀は信じられないという顔で清兵衛を見た。

「まだ日は高い。昼過ぎには品川に着ける。さ、まいろう」

お秀は逃げる素振りも見せず、黙って清兵衛に付き従った。やがて、金杉橋《かなすぎばし》をわたる頃には、お秀の口が少し軽くなった。

清兵衛が咎めもせず、やさしく接し、悪い武士ではないとわかったからだろう。お秀は親と兄姉に冷たくされるといったが、寺子屋にも通わせてもらっているし、実家の奉公人からは針仕事も習っている。

親は忙しい家業があるので、なかなかお秀の相手ができないのだろうと清兵衛は考えた。また、姉と兄も家業の手伝いをしているらしく、これも仕事が忙しくて末っ子のお秀にかまう暇がないと察せられた。

話を聞けばお秀が小さい頃は、姉も兄もよく遊んでくれたというのだ。実家は旅籠の他に仕出屋も兼ねているらしいので、その忙しさはおおよその見当がつく。

おそらくお秀はそれまでやさしく接し、話したり遊んだりしてくれた兄姉との距離がいつしか遠くなったせいで孤独に感じ、勝手に冷たくあしらわれるようになったと思い込んでいるようだ。

大木戸が近づくと、左手に江戸の海が広がってきた。潮風が頬を撫でてゆく。浜辺で仕事をしている漁師たちがいれば、鷗が楽しそうな鳴き声をあげて群れていた。

北品川宿に入ると、少しお秀の足が遅くなった。

「お秀、心配はいらぬ。わたしはそなたの味方になってやる。それから一つ約束をしてもらいたい」

お秀は怪訝そうな顔をした。

「お安とおりょうのことは何も話さなくてよい。黙っていなさい。そしてあの二人のことは忘れるのだ」

「…………」

「そうしてくれるかね」

「はい」

「よし。ならばわたしはしっかりそなたの味方をする。叱られるのは覚悟しなければならぬだろうが、その前に家を出たことをまずは謝るのだ。親や兄姉のありがたさが身にしみるほどわかったので後悔していると……。できるな」

「……はい」

お秀はきりっと口を引き結んだ。

目黒川に架かる境橋をわたると、そこから南品川宿である。もうお秀の実家は目と鼻の先である。心なしお秀の表情が硬くなった。

海徳寺の門前まで来るとお秀は立ち止まった。

「実家はどこだ？」

「あそこです」

お秀が指さすほうを見ると、一軒の旅籠が見えた。看板に「松屋《まつや》」と書かれており、玄関脇の掛け看板には「旅籠　仕出し」という文字が添え書きされていた。

旅籠の客は出払ったあとらしく、のんびりした空気が感じられた。と、松屋の玄関から一人の女が出てきて、お秀に気づき、

「お秀、お秀ではないか」

と、驚き顔をしたあとで、

「おとっつぁん、おっかさん、お秀が戻ってきたわよ！」

と、大きな声で店のなかに呼びかけてから駆け寄ってきた。

八

「あんた、いったいどこで何をしていたんだい。みんな心配していたんだよ」

姉は駆け寄ってくるなり、清兵衛には目もくれずお秀の肩をつかんだ。

「ごめんなさい」

お秀がうなだれて謝ると、両親と兄も玄関から飛び出してきた。やはり清兵衛には目もくれず、

「おまえどこに行っていたんだ」

と、父親がいえば、

「何日もみんなで行方を捜して、番屋にも相談していたのだよ。神隠しにあったんじゃないかといわれたり、悪い人に攫《さら》われたんじゃないかといわれたり……ああ、生きていたんだね」

と、母親は涙混じりにいってお秀の両手をつかむ。

「心配かけやがって……」

短くいった父親は怒っているふうではなく、言葉には安堵のひびきがあった。

「お秀……」

清兵衛が声をかけると、お秀はあらたまって、

「ご心配かけて申しわけありませんでした。ぶつなり叱るなり思う存分やってください。でもわたしは家を出て……後悔しました……ほんとうにごめんなさい」

最後のほうは言葉を切って涙声になり、いい終えて頭を下げると、ぽたぽたと

地面に涙を落とした。

「いいんだよ、戻ってきてくれたからいいんだよ。おとっつぁんも公助《こうすけ》もお有《ゆう》も何日も眠れずにいたんだけど、ああーよかったよかった。ほんとうによかった」

母親はそういってお秀の背中に腕をまわして、グスグスと鼻を鳴らして頰に涙をつたわせた。

「こちらのお武家様は……」

父親が初めて清兵衛を見て、お秀に聞いた。

「桜木様です。わたしを助けて送ってきてくださいました」

「それはお世話になりました。とんだご面倒をおかけして、まことに相すみません」

父親はそういって深々と頭を下げた。他の者たちもそれに倣《なら》って頭を下げた。

「それで、どこで何をしていたんだ？」

お秀の兄だった。父親によく似た男だった。その問いに答えたのは、清兵衛だった。

「江戸の町をうろついていたのだ。わたしの目に留まり、声をかけて事情を聞いて、これはいかぬと思いつれてまいった次第だ。親切な者がいて半月ほど預かってくれたから、お秀はさほど不自由はしておらぬ」

清兵衛の作り話だが、味方になるといわれているお秀は口を挟まずうなずいていた。

「その親切な方とおっしゃるのは、どちらのどなたでございましょう」

父親が顔を向けてくる。

「安江という女寡《おんなやもめ》だ。お秀にあれこれ聞いてもはっきりいわないので、そのうち気持ちがほぐれれば、いろいろ話ができるだろうと考え、しばらくは何も聞かずにいたらしい」

これも作り話だが、お秀はそうだというようにうなずいていた。

「それはまた親切な方にめぐりあえてよかった。あ、こんな道端では何です。どうぞ店のほうにお入りくださいまし。お秀、おまえも家に戻ってゆっくりしなさい」

父親の案内で清兵衛は客座敷に通され、茶をもてなされた。母親もお秀の兄と姉もそこに同席した。

父親は加兵衛《かへえ》といった。母親はお七《しち》という名で、長女がお有、長男が公助だった。

四人はお秀を連れて来た清兵衛に、あらためて挨拶をした。

「なにゆえ、家を出てきたのだとよくよく訊ねてみれば、お秀はみんなに邪険にされているので、自分が迷惑をかけていると思い込んだようだ。要するに親にも兄や姉にも嫌われていると考え、思い詰めた末に家を出たのだ。さりながら話を聞いたかぎり、親や兄姉に見放されているとは思えない。寺子屋にも通わせてもらい、針仕事も店の奉公人に教わっている。姉と兄は、家の手伝いをしているというし、これは家業が忙しいので、お秀にかまう暇がないとわたしは考えた」

みんな真剣な顔で清兵衛の話を聞く。

「そこであれやこれやとお秀と話をしているうちに、お秀は思いちがいをしているのではないかと思い、実家に戻って親兄姉とじっくり話をさせるべきだと考え連れてまいった次第だ」

「誰もお秀を見放してなんかいないんだよ」

母親がいえば、

「そうよ。いつもおまえのことは気にかけていたんだよ。でも、店が忙しくて手が離せないことが多いし、夜は疲れてぐったり寝てしまうからね。お秀、桜木様がおっしゃったようにみんなでおまえのことを心配しているんだから」

と、姉のお有がいう。

「お秀、みんなが忙しくて目をかけられなくなったから、拗ねていたんだな。とんだ思いちがいだよ。あげく桜木様に迷惑までかけやがって、いけない妹だ」

言葉は咎めているがその目には兄らしい慈《いつく》しみが感じられた。お秀はうなだれてごめんなさいと謝る。

「まあ、話はさようなことだ。お秀、これで安心したであろう。二度と迷惑をかけるようなことをしてはならぬぞ」

清兵衛がいうと、お秀は「はい」と、はっきり答えた。

それから短い話をして、清兵衛は松屋を出た。父親の加兵衛は世話になった安江という人にくれぐれもよろしく伝えてくれ、あらためて礼をしに行くといったが、

「いやいや、それには及ばぬ。あの女はそういう堅苦しいことを嫌う性分でな。わたしから主の気持ちだけを伝えておこう」

と、清兵衛は断りを入れた。礼に来られたら困るのは清兵衛だ。そんな女はいないし、安江は妻の名である。

「しかし……」

「なによいのだ、よいのだ」

清兵衛は微笑を浮かべて、それではこれで失礼すると、みんなに背を向けた。

しばらく行ったところで、後ろから追いかけてくる足音がして、「桜木様」と呼ぶ声がした。振り返るとお秀だった。

立ち止まったお秀は、じっと清兵衛を見ると、急に泣き顔になり、涙ぐんだかと思うとぽろぽろと涙を頬につたわせた。

「桜木様、ありがとうございました。でも、どうしてこんなに親切をしてくださったのですか？」

お秀は涙混じりに問いかけてきた。

清兵衛はふんわりと笑って言葉を返した。

「人に情けをかけるのは武士の嗜みだ。大仰なことではない。ではお秀、達者でな」

「はい」

「それから、あの二人の女のことは決して口にしてはならぬぞ」

「……はい」

お秀はきらきらと澄んだ瞳でうなずいた。

「では、さらばだ」

深々とお辞儀をするお秀に背を向けた清兵衛は、そのまま品川をあとにした。

まだ日は明るい。おそらく自宅に戻るのは夕刻になるだろうが、今日はずいぶん長い散歩であった。

（まあ、そういうときもあろう）

一人納得しながら家路につく清兵衛であった。

文春文庫

武士《ぶし》の流儀《りゅうぎ》（十）

定価はカバーに表示してあります

2024年6月10日　第1刷

著　者　稲《いな》葉《ば》　稔《みのる》
発行者　大沼貴之
発行所　株式会社　文藝春秋

東京都千代田区紀尾井町 3-23　〒102-8008
TEL　03・3265・1211㈹
文藝春秋ホームページ　http://www.bunshun.co.jp

落丁、乱丁本は、お手数ですが小社製作部宛お送り下さい。送料小社負担でお取替致します。

印刷製本・大日本印刷

Printed in Japan
ISBN978-4-16-792233-7